이형기 초상, 강찬모, 유화, 1993, 월간 『현대시』 1993년 6월호 표지에 사용됨.

서울 방학동 자택에서 2000년대 초반

1962년 5월 조은숙 여사와 결혼. 주례 월탄 박종화 선생

제9회 한국문학작가상 시상식에서 조은숙 여사, 딸 이여경, 이형기 시인, 왼쪽 이수익 시인, 오른쪽 신달자 시인

입구에서 이여원 이귀영 조혜은 이철채 최설 시인

1982년 제9회 한국문학작가상 시상식에서

(위) 1976년 한국시인협회상 시상식, 박목월 시인 시상
(가운데) 1994년 대산문학상 시상식에서 아내 조은숙 여사와 함께
(아래) 1982년 한국문학작가상에서 김동리 작가 시상

1993년 6월, 제1회 공초문학상 시상식에서

1977년 제9회 한국시인협회상 시상식에서

박재삼 시인과

70년대 중반 부산시절. 허만하 시인과

기자로 일하던 부산 시절

…0년대 후반 _ 앞줄 왼쪽부터
…형기, 김환기 화백, 김윤성
…인, 뒷줄 손소희 소설가,
…향안 수필가(김환기씨 부인)

1960년대 기자 시절

1987년 동국대학교 연구실에서

이형기 시전집
李炯基 詩全集

이재훈 엮음

일러두기

　『이형기 시전집』은 시인이 생전에 낸 시집과, 미처 시집에 묶지 못한 작품들을 모두 망라하고 있다. 대상으로 한 시집은 『적막강산』(모음출판사, 1963), 『돌베개의 시』(문원사, 1971), 『꿈꾸는 한발(旱魃)』(창원사, 1975), 『풍선심장』(문학예술사, 1981), 『보물섬의 지도』(서문당, 1985), 『심야의 일기예보』(문학아카데미, 1990), 『죽지 않는 도시』(고려원, 1994), 『절벽』(문학세계사, 1998) 등이다. 이밖에도 2005년까지 발표한 작품들을 함께 수록하고 있다. 각 시집에서 중복되는 시들은 그대로 수록했다. 시집에 수록되어 있는 아포리즘 중 시인이 자서에서 산문시로 읽히기를 바란다고 밝힌 『보물섬의 지도』의 「불꽃 속의 싸락눈」은 함께 수록했다.

　시의 본문 속 한자는 의미가 불분명하지 않은 경우를 제외하고는 한글로 표기했다. 맞춤법이나 띄어쓰기, 외래어 표기는 현재 통용되는 규칙을 따랐다. 하지만 어감을 살려 표현한 단어는 원래 표기된 그대로 두었다. (예 : 자국→자욱, 나직이→나즉히, 흉하다→숭하다)

이형기 시전집

李炯基

詩 全集

| 차례 |

제2시집 돌베게의 시 1971년

제3시집 꿈꾸는 한발(旱魃) 1975년

제4시집 **풍선심장** 1981년

제5시집 **보물섬의 지도** 1985년

제6시집 **심야의 일기예보** 1990년

제7시집 죽지 않는 도시 1994년

제8시집 **절벽** 1998년

미간행 발표작 1998년~2005년

제1시집

적막강산

모음출판사, 1963

제1부

목련

맑게 살리라. 목마른 뜨락에
스스로 충만하는 샘물 하나를
목련꽃.

창마다 불 밝힌 먼 마을 어구에
너는 누워서 기다렸는 진종일…….

뉘우침은 실로
크고 흡족한 침실 같다.

눈을 들어라.
계절의 신비여, 목련꽃

어둡게 저버린 옛 보람을
아, 손짓하라.

해 질 무렵에 청산에 기우는
한결 서운한 그늘인 채로

너는 조용한 호수처럼

운다

목련꽃.

나무

나무는
실로 운명처럼
조용하고 슬픈 자세를 가졌다.

홀로 내려가는 언덕길
그 아랫마을에 등불이 켜이듯

그런 자세로
평생을 산다.

철 따라 바람이 불고 가는
소란한 마을길 위에

스스로 펴는
그 폭넓은 그늘……

나무는 제자리에 선 채로 흘러가는
천 년의 강물이다.

마을 길

한 모롱이 돌아서
송아지를 따라온

마을은 고개 너머
십 리라 한다

구름은 흐르거니
바라보기로

누구에게 이르랴
고인 시름은

새순 푸른 다박솔
해 저무는 길

이냥 가면 노을 속에
너를 만날까

마을에는 오동나무
꽃도 지려니

소를 몰고 간다

소를 몰고 간다
느릿 느릿.

저문 들길이다.
은은한 보랏빛 배경을 등지고
소를 몰고,

느릿 느릿 가는 길은
집으로 가는 길이다.

산그늘이 기울고
주위는 말없이 어두워 오는데

멀리 떠났다 돌아오는 사람같이
나를 몰고 집으로 간다.

들길

고향은
늘
가난하게 돌아오는 그로하여 좋다.
지닌 것 없이
혼자 걸어가는
들길의 의미.

백지에다 한 가닥
선을 그어 보아라
백지에 가득 차는
선의 의미.

아 내가 모르는 것을,
내가 모르는 그 절망을
비로소 무엇인가 깨닫는 심정이
왜 이처럼 가볍고 서글픈가.

편히 쉰다는 것
누워서 높이 울어 흡족한
꽃그늘……

그 무한한 안정에 싸여

들길을 간다.

풍경에서

혼자 거닐어 외롭지 않구나
이 풍경.
보람이 무너진 맑은 자리
길은 아무 데나 트여 있는 거리에

노을이 지는가,
일모(日暮)을 알리는
적막한 동굴 같은 종(鍾)이 우는가.

이제는 옛사람을 기다리지 않는다.
인생은, 아
떠나서 뒤에 남는 뉘우침으로
인생은 산다.

운다는 것이
도리어 한 오리 바람으로 통하는
이 풍경.

비 오는 날

오늘
이 나라에 가을이 오나 보다.

노을도 갈앉은
저녁 하늘에
눈먼 우화는 끝났다더라

한 색(色) 보라로 칠을 하고
길 아닌 천 리를
더듬어 가면 ……

푸른 꿈도 한나절 비를 맞으며
꽃잎 지거라
꽃잎 지거라

산 넘어 산 넘어서 네가 오듯
오늘
이 나라에 가을이 오나 보다.

창 1

갈피 잡을 수 없이 엇갈린 생각을
네게 의지하면
나의 그리움은
비로소 하나의 형상을 이룬다.

허구한 날
물같이 흐르는 세월의 단면을
조용히 가로막은 투명체
나의 창이여

언젠가는 모두가
검은 망각의 그늘에 졸 것을
너는 지금 영원과 연결시킨다,
사람이 살아가는 이유를 대듯이.

착잡한 욕망이
순화되어 가는 신비의 문
이 세상 온갖 하찮은 일상을
너는 하나하나 제자리에 앉힌다.

그리하여 밤이면 밤마다 나는
창, 너와 더불어 침묵하며
오래오래 참고 기다리는
눈을 기른다, 절망하지 않는다.

창 2

나의 마음은 비어 있다,
오직 네가 와서
가득 채워주기를 기다리는 뜻으로
이것을 하나 마련하였다.

소리치는 것보다
차라리 눈을 감는 인내의 한때
그리고 멀리
떠나가면 그만인 구름 같은 마음을

아아 이 조그만 면적에 기대서
나는 나의 반평생을 저울질한다.
애절한 박모(薄暮)
안개 서린 골목길

부슬비 오는 밤에
나는 먼 여행길에서 돌아오고 있다.

때로 나는 회의(懷疑)하고
때로 나는 눈물을 흘린다

그것들이 얼룩진 초가집 영창 밖에
밤을 새워 우는 가을 풀벌레.

귀를 기울이면 가랑잎이 지는데
조심스런 네 발자욱 소리가 들린다
비어 있는 내 마음의 갈구의 표식
창에 불빛이 켜 있는 것을 보아라.

창 3

사흘을 비에 갇힌 변방객사(邊方客舍)
밤마다 읽는 마태복음 삼 장
그나마 새벽에는 잠이 선 것을
창 너머 엿보는 벽창호야
눈도 코도 없는 아아 어둠아.

제2부

초상정사(草上靜思)

풀밭에 호올로 눈을 감으면
아무래도 누구를
기다리는 것 같다.

연못에 구름이 스쳐가듯이
언젠가 내 가슴을 고이 스쳐간
서러운 그림자가 있었나 보다.

마치 스스로의 더운 입김에
모란이 뚝뚝 져버리듯이
한없이 나를 울렸나 보다.

　　누구였기에
　　누구였기에
　　아아 진정 누구였기에……

풀밭에 호올로 눈을 감으면
어디선가 단 한번 만난 사람을
아무래도 기다리고 있는 것 같다.

코스모스

언제나 트이고 싶은 마음에
하야니 꽃피는 코스모스였다.

돌아서며 돌아서며 연신 부딪치는
물결 같은 그리움이었다.

송두리째― 희망도, 절망도,
불타지 못하는 육신

머리를 박고 쓰러진 코스모스는
귀뚜리 우는 섬돌가에
몸부림쳐 새겨진 어롱이었다.

그러기에 더욱
흐느끼지 않는 설움 홀로 달래며
목이 가늘도록 참아내련다.

까마득한 하늘가에
내 가슴이 파랗게 부서지는 날
코스모스는 지리.

여름밤 강변에

여름밤 강변에 안개가 서린다
한동안 잊었던 슬픔이 서린다
나의 다함없는 애환은 흘러서
지금 안개처럼 강변에 서린다.

그것은 먼 세월을 두고
일상을 감도는 아련한 꿈인가
회한에 사무친 늙은 감정인가
또는 나의 슬픔이 증발하는 광경인가……

아 여름밤 강변에 안개가 서릴 때
나는 안다, 사랑과 죽음
그리고 어딘가
멀리 가고 싶은 나그네의 심사를.

밤비

창밖에서
꼭 누가
나직이 부르는 소리와 같다.

밤비는
멀리 떠나간 동무를 생각하며
나 혼자
돌아눕는 비.

등불을 끄면
등불을 끌수록 밝아온다
먼 곳이 환히 보여진다.

속으로 가만히 귀를 기울이면
내 가슴에도 비 오는 소리
밤 내
누구를 부르듯 비 오는 소리.

달밤

빈 거리마다 달빛 서러운
개구리 무논에서 한 밤을 울어

현고학생부군신위(顯考學生府君神位)―

잔 대신 고향의 얘기를 전하리까
향목 피우며 피우며

호박꽃 초롱 앞세우고 가소서
편히 쉬소서

강가에서

물을 따라
자꾸 흐를라 치면

네가 사는 바닷말에
이르리라고

풀잎 따서
작은 그리움 하나

편지하듯 이렇게
띄어 본다

호수

어길 수 없는 약속처럼
나는 너를 기다리고 있다.

나무와 같이 무성하던 청춘이
어느덧 잎 지는 이 호숫가에서
호수처럼 눈을 뜨고 밤을 새운다.

이제 사랑은 나를 울리지 않는다
조용히 우러르는
눈이 있을 뿐이다.

불고 가는 바람에도
불고 가는 바람같이 떨던 것이
이렇게 고요해질 수 있는 신비는
어디서 오는가.

참으로 기다림이란
이 차고 슬픈 호수 같은 것을
또 하나 마음속에 지니는 일이다.

이월

어둡고 먼 곳에서
꿈 같은 것이 피었다 지는 달 이월
삼십대 미망인의 창변(窓邊)에
잠시 깃든 마음의 공백…….

이월은
그이보다 먼저 와
그이를 기다리는 찻집의 난롯가.
또는 서로 외면한 채
그러나 어디서 본 듯한 사람끼리
어색한 마음새.

가로(街路)에 차고 밝은 바람 불 때
이월은 문득
내 어린 시절의 추억 같은 곳에서
아직도 희끗희끗 눈 내리는
개울
징검다리를 건너뛴다.

그대

1

뭐라고 말을 한다는 것은
참 믿을 수 없는 일이다
손목을 쥔 채
그냥 더워오는 우리들의 체온을……

내 손바닥에
점 찍힌 하나의 슬픔이 있을 때
벌판을 적시는 강물처럼
폭넓은 슬픔으로 오히려
다사로운 그대.

2

이만치 적당한 거리(距離)를 두고
내가 그대를 부른다
그대가 또한 나를 부른다.

멀어질 수도 없는
가까워질 수도 없는
이 엄연(嚴然)한 사랑의 거리 앞에서

나의 울음은 참회와 같다.

3
제야의 촛불처럼
나 혼자
황홀히 켜졌다간
꺼져버리고 싶다.

외로움이란
내가 그대에게
그대가 나에게
서로 등을 기대고 울고 있는 것이다.

제3부

귀로

이제는 나도 옷깃을 여미자.
마을에는 등불이 켜지고
사람들은 저마다
복 된 저녁상을 받고 앉았을 게다.

지금은
이 언덕길을 내려가는 시간,
한 오큼 내 객혈의
선명한 빛깔 위에 바람이 불고
지는 가랑잎처럼
나는 이대로 외로워서 좋다.

눈을 감으면
누군가 말없이 울고 간
내 마음 숲속 길에

가을이 온다.

내 팔에 안기기에는 너무나 벅찬
커다란 가을이

숭엄한 가을이
아무 데서나 나를 향하여 밀려든다.

무엇인가 말한다는 것은

먼 미래의

그 풀밭에서 너는 운다.

어깨와 허리, 또는 그 아래—

말하자면 엎드린 너의 자태를

나의 원근법으로는 파악할 수 없다.

다만 너의 전신을 감싼

격정의 물결을 느낄 뿐이다.

느껴서 가슴이 뿌듯할 때

나의 안타까움은 고정된다.

그리하여 나를 차단한 지평선

오늘 일기(日氣)는 진종일 눈이고나.

무엇인가

말한다는 것은 참 부질없다.

사락사락 내리는 그 감촉을

망각의 풍차가

스스로 돌아가는 그 음향을

느껴서 가슴이 뿌듯할 때

부질없고나, 정말

내가 무엇인가 말한다는 것은.

낙화

가야 할 때가 언제인가를
분명히 알고 가는 이의
뒷모습은 얼마나 아름다운가.

봄 한철
격정을 인내한
나의 사랑은 지고 있다.

분분한 낙화……
결별이 이룩하는 축복에 싸여
지금은 가야 할 때,

무성한 녹음과 그리고
멀지 않아 열매 맺는
가을을 향하여

나의 청춘은 꽃답게 죽는다.

헤어지자
섬세한 손길을 흔들며

하롱하롱 꽃잎이 지는 어느 날

나의 사랑, 나의 결별,
샘터에 물 고이듯 성숙하는
내 영혼의 슬픈 눈.

눈 오는 밤에

오랜 세월을 두고
절로 물처럼 고인 슬픔이
풀려나는 밤이다

실로
맘 너그럽게 외로울 수 있는
이 시간.
절규보다도
더 절실한 것이 있음을 안다.

무한한 밤이
밀려오고 다시 밀려가는
그 어느 자리에
내 등불만 한 모습이 켜지고
그 위에 지금 눈이 내린다.

동경(憧憬)의 밀도
사랑의 중량
절망을 넘어선 인생이 내린다.

귀를 기울여라

스스로 우러나는 내 영혼의

높은 울음에…….

불행

울고 싶었다.
연약한 풀잎처럼 흐느끼면서
가버린 사람
눈 감는 버릇
그런대로 나의 조그만 불씨 같은
격정은 더웠다.

언제부턴가
가벼운 미소를 지으며
작별의 예의를 갖추게 된 것은,
의젓하게 손을 잡은 채
나도 한 사람 몫의 감정을 처리한다.

행복도 또한 불행도 아닌
서늘한 초승달 밤……
마음이 간절할수록
기도는 부질없고
텅텅 비어 있는 여기저기에
누구에게나처럼 벌레는 운다.
행복하고 싶었던 그 시절이

실은 행복한 시절이었다.

초승달 밤에 이마를 식히며

가버린 사람

눈감는 버릇

쉬 체념하고 안정하는 불행

나를 감도는 서늘한 이것은

바람인가,

열도(熱度)를 잃은 안타까움인가.

실솔가(蟋蟀歌)

시름은 도른도른
물같이 흐르는
가을밤 귀뚜리.

초가지붕에
뚫어진 영창에

조용히 잠든 눈시울 위에.

옛날 옛날 먼 이야기

몇 구비 돌아간 연륜(年輪) 자욱.

달은 밝았다,
나는 울고 싶었다,

모두가 그날 같은
가을밤
귀뚜리……

그렇게 가지런한

그림 한 폭.

봄비

밤,
봄비가 창에 스민다
기다림에 지친 마음이 젖는다.

봄,
밤에 내리는 비
반 옥타브 낮은 목소리.

물기가 배인 육신의 무게를
가눌 길 없고나,
봄밤에 비 온다.

먼 사람아 당신의 손길은
봄비와 같이 성가시다.
잠재워다오.

빈 들에 홀로

눈비가 오려나
호지(胡地) 일모(日暮)

먼 산자락 넘어
구름은 가고

정(情)은 만 리(萬里)
청노새 울음

호지일모(胡地日暮)에
눈비 오려나

저녁바람 분다
빈 들에 홀로

산

산은 조용히 비에 젖고 있다
밑도 끝도 없이 내리는 가을비
가을비 속에 진좌(鎭坐)한 무게를
그 누구도 가늠하지 못한다
표정은 뿌연 시야에 가리우고
다만 윤곽만을 드러낸 산
천 년 또는 그 이상의 세월이
오후 한때 가을비에 젖는다
이 심연 같은 적막에 싸여
조는 둥 마는 둥
아마도 반쯤 눈을 감고
방심무한(放心無限) 비에 젖는 산
그 옛날의 격노의 기억은 간데없다
깎아지른 절벽도 앙상한 바위도
오직 한 가닥
완만한 곡선에 눌려버린 채
어쩌면 눈물 어린 눈으로 보듯
가을비 속에 어룽진 윤곽
아아 그러나 지울 수 없다

비

적막강산에 비 내린다
먼 산 변두리를 슬며시 돌아서
저문 창가에 조용히 머물 때
저버린 일상
으늑한 평면에
가늘고 차운 것이 비처럼 내린다
나직한 구름자리
타지 않는 일모(日暮)……
호젓한 내 꿈의 뒤란에
슬픔이 싹트랴 비는 내린다
지금은 누구나
스스로의 내면을 들여다볼 때
풍경은 정좌(正座)하고
산은 멀리 물러앉아 우는데
적막강산……
내 주변은 이렇게 저무는가
살고 싶어라
사람 그리운 정에 못 이겨
차라리 사람 없는 곳에 살아서
청명(淸明)과 불안

대기(待期)와 허무

천지에 자욱한 가랑비 내린다

아 이 적막강산에 살고 싶어라

제4부

나의 시

나의 시는 참으로 보잘것없다.
먼 길을 가다 말고
잠시 다리를 쉬는 풀섶에

흐르는 실개천
쳐다보는 흰 구름

또는 해 질 무렵 산허리에 어리는
저녁 안개처럼 덧없고 가볍다.

아 보랏빛 안개 서린 희로애락
먼 길을 가며 보는 강산풍경(江山風景)……

일모(日暮)와 더불어 귀로에 오르는
내 이웃들의 단란을 빌고

외로운 사람의
불을 끈 창변(窓邊)에
서늘한 달빛처럼 스미고 싶다.

여류(如流)한 세월에 물같이 흐르는

흘러서 마지않는 온갖 인연을

나는 참으로 사랑하고 싶다.

송가(頌歌)

나는 아무것도 너에게 줄 것이 없다
다만 무력을 고백하는 나의 신뢰와
그리고 이 하찮은 두어 줄 시밖에.

내 마음은 항아리처럼 비어 있고
너는 언제나
향그러운 술이 되어 그것을 채운다.

정신의 불안과 그보다
더 무거운 생활에 이끌려
황막한 벌판
또는 비 내리는 밤거리의 처마 밑에서
내가 쓰디쓴 여수(旅愁)에 잠길 때

너는 무심코 사생(寫生)해 주었다
토요일 오후의 맑은 하늘을.

어쩌면 꽃
어쩌면 잎새
어쩌면 산마루에 바람 소리

흐르는 물소리

아니 이 모든 것의 전체와 그밖에
또 헤아릴 수 없이 풍성한 토지와
차운 대리석!

아 너는 진실로 교목(喬木)같이 크고
나는 너의 그늘 아래 잠이 든
여름철 보채는 소년에 불과하다.

종전차

멀리에서 삐걱거리며
종전차는 간다
마지막 대기(待期)가 실려 간다.

내 가슴에 역력한 차바퀴
여인아
그곳에 눈물을 쏟으라.

약한 자의 침실에는
달이 비칠 것이다, 오늘밤
자비의 명월(明月)이.

다사롭고나, 오히려
생활에 찌든 검은 손등을
어루만지는 자비의 월광.

아아, 인생의 희비는
가벼운 싸락눈이다.
또 그처럼 무심한 은혜다.

어디에서고 내가
팔을 베고 누웠는 창밖을
가는 종전차.

종소리

— 이로써 나의 가난한 진혼가(鎭魂歌)라 한다 —

지금은

우리들의 가슴속에

하나의 종소리로 남아 있는 것이다.

아 지금은

모두가 우리들의 가슴속에

울려오는 종소리의

그 은은한 여운으로 살아 있는 것이다.

목숨은 결코 헛되지 않았다.

이우는 꽃송이의 너그러운 꽃그늘

또는

스러지는 이슬의 찬란한 광망(光芒)……

모두가 가듯이 전사들은 갔다.

그리고 지금

그대들이 간 자리에서는

무엇인가

하나에로 화합하는 종소리가 울려오는 것이다.

아무도 모르게 우리들의 가슴속에
늘 우리들이 의지하고 기대는
기둥 같은 종소리.

노년환각(老年幻覺)

자라서 늙고 싶다
나는 한 그루 수목같이

먼 여정이 끝 간 곳에
그늘을 느린 나의 추억

또 어느덧 하루해가 저물어
그곳에 등의자(藤椅子)를 내놓고 쉴 때—

눈을 감고 있으면
청춘의 자취 위에 내리는 싸락눈
표백된 비극의 분말

— 그러나 나는
겨울날 단양한 양지쪽에
누워서 존다

육중한 대지에 묻힌
사랑과 미움

내 가고 난 다음 천 년쯤 후에

자라서 무성한 가지를 펴라

이월 해안

겨우내 지켜 온 인내 끝에
잠시 빗나간 마음의 공백을.

미처 봄이 오기도 전에
미처
한 달 삼십 일을 채우기도 전에

그녀는 간다, 총총한 발걸음.

기다림은 채 무르익지 않고
아직도 냉랭한 이 계절을
살짝 빠져나간 이월의 아가씨—

빈자리에 무색한 적막이
마치 머뭇머뭇 호수처럼 밀린다.

편안하고나, 악물지 않고.
너그럽고나, 초조하지 않고.

다만 한때의 볕바른 양지에

하얗게 그어놓은 해안선 둘레를

아 그녀는 무심코 간다.

가정(家庭)

— 부산은 물이 귀하다지
— 차도 많다지 조심하거라
— 피난민은 다 올라갔느냐

대답에 지친 아들의 귓전에
그것은
난생 처음 들어보는 그런 목소리 같다.

아무 데서나
두어 걸음 물러선 듯한
해 질 무렵의 우리 집 뜨락
그 서운한 그늘.

아들은 잠시
행복이 무엇인가를 잊어버린다.

모든 것이
눈에 익은 그대로, 또 눈에 선 그대로
우연한 해후처럼 상 물리고 앉으면

저녁 바람에

가늘게 흔들리는

저녁 바람 소리.

한일초(閑日抄)

'코스모스'의 여린 꽃잎이 영창에 하롱대는, 작은 연못 같은 정적(靜寂) 속으로 나는 끝없이 침전해 간다. 무게를 잃어버린 내 육신의 순수상태. 오직 쾌적한 방심의 이 한때를 정한 백지로 감싸주려마. 그리하여 책상에 턱을 고이면 저울대 양끝에서 미묘한 균형을 잡고 흔들리는 당신과 나. 잡초와 같이 무성한 모순에도 개의치 않고 우리들은 잠시 오수(午睡)에 잠긴다. 중천에 흐르는 전설의 은하수…… 바람 소리. 물소리. 추억의 피안(彼岸)에 '코스모스'는 다시 얽혀 피고, 그 위에 우리들은 쓰러져 잔다. 그러나 아 어찌 뜻했으랴. 유구한 일월(日月)의 냉혹한 무관심! 그 누구도 우리의 이 순진무구한 연애유희(戀愛遊戲)를 거들떠보지 않는고나. 무색한 표정으로 뒤를 돌아보면 나는 출발지점에서 너무 멀리 오고 말았다. 비로소 세상에 방치된 것을 깨닫고 당황하여 눈을 뜨면 어느덧 인생의 가을 오전 열한 시. 골목길에 아이들이 퍼뜨리는 난만한 웃음이 물살 지어 흐른다. 그 육중한 볼륨에 휩쓸려 나는 주제 없는 후회를 되풀이하면서 중얼거린다. 사랑하는 사람…… 당신의 이름을 잊어버렸소.

시를 쓰지 못하는 시인 1

시를 쓰지 못하는 시인은
밤에 또한 잠을 못잔다.
국산 수면제 '스리나'

그 매끈매끈한 하얀 정제(錠劑) 속에는
꿈이 스며들 틈이 없고나.

차라리 아무것도 생각지 않지만
때로는 너무 생각이 많다.
생각이 많을수록 하얀 정제를……

아아 내게서 꿈을 내쫓고
복용,
한 시간 전후에 동물적인 수면을……

시를 쓰지 못하는 시인은
잠에 취해서 꿈을 잊어버린다.

시를 쓰지 못하는 시인 2

시를 쓰지 못하는 시인은
산을 보며 산다,
들을 보며 산다,

아니 실은 그러려면서
교외 후생주택(厚生住宅)
뜨락을 거니는 시인의 조석(朝夕).

담배를 끊고 싶다
〈부질없는 일인 줄 알고 말고〉

박약(薄弱)한 의지를
아니 그보다는
언제나 조금씩 과중했던 현실을,

한 모금 빨아서 내뿜고
내뿜다 어느덧 밤을 새는 담배.

시를 쓰지 못하는 시인은
오늘도 누구를 기다리면서

실은 누구나를 두려워한다.

담배를 끊어야지
끊어서 뭘 해

박약한 의지를 가누지 못한 채
부질없이 원한만 늘어가는 시인
후생주택 뜨락을 거닌다.

발문

엽서

— 발문을 대신하여

형기 형,

시집이 나온다니 반갑소. 그러나 어느 모로 생각해도 이 자리는 내가 나설 자리가 아닌 것만 같은 생각이 드오. 물론 속으로야 한량없이 기쁜 노릇이지만, 형의 작품들을 두고 그 문학적인 가치를 따지래도 나보다는 전문적인 비평가들이 더 옳게 볼 것이오. 또 그 방면의 활동상을 이야기하란대도 역시 나보다 밝은 분들이 얼마든지 있을 것이기에 말이오.

형기 형,

허지만 굳이 날더러 이런 글을 적게 한 형의 그 마음을 나는 잘 알고 있소. 정말이지 동향인이라든가, 혹은 문학에의 출발이 같았다든가 하는 그런 까닭을 빼고서라도 우리의 우정은 남달랐던 것 같소.

형의 작품 「코스모스」가 두 번째로 『문예』에 추천을 받던 날, 정종 한 되를 안주도 없이 노나 마시고는 두 사람의 '우정'과 문학에의 '결의'를 다짐하던 일— 벌써 십오 년 전의 일인데도 그날의 감격은 꼭 어제 같기만 하오.

형기 형,

그리고 오늘에 이르기까지 형은 문학에 있어서나 인생에 있어서 옳게 생각하고 또 옳게 살아 온 것으로 나는 알고 있소.

말하자면 형의 시가 그 맑은 감성으로 서정의 본령을 지켜 꾸준히 그 깊이를 더 할 수 있었던 것도 그만큼 스스로의 참 자세를 찾고 또 거기 진실하려는 형의 맑은 인생이 있었기 때문이 아니겠소. 언젠가 내게 보낸 편지 가운데서 "나는 시나 문학을 어마어마한 것으로 생각지 않는다. 그러나 나의 시, 나의 문학은 적어도 내 인생, 내 생활과 밀착되어 있다. 내게서 인생이란 말로써 추출해 낼 것이 있다면 그것은 바로 문학이다."라고, 문학과 인생에 대한 소신을 밝힌 적이 있었을 때, 그와 같은 형의 신념에 긍정할 수 있었던 것도, 역시 화려한 거짓보다는 차라리 작은 진실에 성실하려는 형의 태도가 옳은 것으로 이해되었기 때문이었던 것이오.

형기 형,

어쨌거나 반가운 일이오. 그리고 십오 년 동안의 형의 노작들이 이제 한 권의 책으로 엮어져 나온다는 것은, 우리 두 사람의 기쁨에 앞서, 한국의 시문학을 위해 보다 뜻 깊은 일이라 나는 믿고 싶소. 끝으로 한결같은 건필을 바랄 따름이다.

1963년 4월 19일

최계락 식(識)

제2시집

돌베개의 시

문원사, 1971

봄밤의 귀뚜리

봄밤에도 귀뚜리가 우는 것일까.
봄밤, 그러나 우리 집 부엌에선
귀뚜리처럼 우는 벌레가 있다.

너무 일찍 왔거나 너무 늦게 왔거나
아무튼 제철은 아닌데도
스스럼없이 목청껏 우는 벌레.

생명은 누구도 어쩌지 못한다.
그저 열심히 열심히 울고
또 열심히 열심히 사는 당당한 긍지,

아아 하늘 같다.
하늘의 뜻이다.
봄밤 자정에 하늘까지 울린다.

귀를 기울여라.
태고의 원시림을 마구 뒤흔드는
메아리 쩡쩡,

메아리 쩡쩡
서울 도심의 숲 솟은 고층가
그것은 원시에서 현대까지를

열심히 당당하게 혼자서도 운다.
목청껏 하늘의 뜻을
아아 하늘만큼 크게 운다.

반딧불

심사가 산란하면 노름이 안 된다. 그날 밤 나는 잃고 잃고 또 잃었다. 공산 빈 깍지 그 희멀건 공백에는 달이 뜨지 않고 나를 배반한 그 여자 얼굴이 떠올랐다. 그 여자 얼굴에 나는 천 시시짜리 생맥주를 들이부었다. 그러고 나니 사당동 밤길에는 정말 달이 뜨지 않았다. 옛날엔 남사당패가 살았다는 그 사당동 예술인 마을이다. 저건 뭔가. 아, 반디! 마을앞길 풀섶에서 뜻밖에도 이십 년 만에 나는 한 점 반딧불을 보았다.

손

그대의 사랑을 나는 이 손으로 느낀다.
어머니의 젖가슴을 만지며 잠든 한 떨기 꽃,
꽃 같은 손이다.
깨어나면 어느덧 턱 밑에 수염이 자란 손,
노동하는 손이다.
대폿집에서 빈대떡을 집으며
눈보라 치는 밤에 호호 입김을 불며
그 손을 펴들고 받드는 중량,
휘어지는 반동(反動),
그러나 내게 남은 체온을
악수로써 친구들과 나누는 손이다.
모든 사람들이 손을 잡는 손.
실은 나 혼자 이마를 짚는 손.
추억의 그넷줄을 잡고 멀리 하늘을 날으는 손.
무한한 가능의 항로 위에서
또는 더 이상은 갈 수 없는 벽 앞에서
때로 내 손은 춤을 추지만
때로 내 손은 속수무책이다.

유성(流星)

사랑은 가만히 잠들지 않고
왜 갑자기 떨어져 죽는가.
육신은 삭아서 먼지가 되고 바람이 되어도
눈만은 남은 사랑,
캄캄한 미지를 향해 유성(流星)은
전부를 던진다.
필경은 눈만 남아
그 눈이 불을 켠 채 갑자기 떨어져 죽고
은하를 뒤흔드는 도도한 물결 소리…
누가 잠들 것인가
잠들어 땅속에 묻힐 것인가
찾지 마라 이 세상엔 아무 데도
유성의 무덤이 없다.

하늘만 한 안경

하늘만 한 안경을 끼고
밤하늘을 보라
별들이 보인다
하나의 별이 삼십억 광년을 살아온
삼십억 광년의 역정(歷程)이 보인다
은하의 물결이 보인다
별이 별끼리 만나고 헤어지는
그 만남과 헤어짐이 보인다
하늘만 한 안경
아아 어둠이 보인다
늘 어둠과 함께 있는 빛이 보인다

하운(夏雲)

해안선을 따라

그 둘레만큼 커다란 어망을 던진다

등허리가 밖으로 비어져 나와

육중하게 몸을 뒤트는 대어(大漁)

그 비늘에 찬란한 금빛이 흩어질 때

바다는 일제히 함성을 지른다

놓치지 말아라

힘껏 당겨라

아니 뛰어들어라 뛰어 들어라

빙빙 도는 바다 곧추서는 바다

숨찬 뒤범벅이다

가슴에선가 아랫배에선가

불끈 솟는

아아 욕망의 하운(夏雲)

구름 따라 바다는 돌연 승천한다

밤

누군가 밤 내 바위를 쪼고 있다.
그 정 소리의 울림만큼 밤은 깊어간다.
심야에 이르러선 온 골이 쩡쩡
진동한다.
살아 있는 모든 것들이
잠을 깨선 일제히 울어댄다.
도대체 죽은 것이 어디 있는가
죽음조차도 그렇게 소리치며 울고 있다.
일이 마침내 여기에 이르도록
온갖 혼령을 흔들어 깨운 자 누군가
미련하게도 무작정 바위를 쪼아대는
그 밤 내의 정 소리는 누구의 짓인가.

삼월은

삼월은
당신을 기다리는 창가에
흙먼지 이는 꽃샘바람.

삼월은
꽃 피기 전에 꽃이 피려는
무직한 통증
온몸이 저리는.

불치의 좌골신경통이다.
목마름이다.
타는 간장이다.

아아 삼월은
하고, 잠시 숨이 막히는
삼일운동의 만세 소리,

삼월은
뭉게뭉게 불이 붙은
화약심지다.

처녀로 죽은

유관순의 넋이다.

곡 최계락(哭崔啓洛)

누구나 한번은 가는 길이라 하지 말라.
갓 마흔밖에 안 된 나이엔
그렇게 함부로 가는 길이 아니다.
때마침 장마철 울먹이는 하늘
너를 기다리는 친구들의 모임
주인 잃은 서재의 덩그런 불빛이
모두 너를 원망했다.
하기야 우리는 코리언 타임
넉넉잡고 한 시간만 더 기다려 볼 걸
이젠 후회해도 소용없는
여름밤 개구리만 울어대고 있다.
흙에서 옥을 캐내지 않나
옥을 도리어 흙에 묻고 온
내가 분명 눈이 멀었지
너를 데려간 명부(冥府)의 사자(使者)처럼
눈먼 사내.
캄캄하다, 도와다오 친구여.
서울의 시인들이
부산 최계락의 소식을 물으면 어쩔 꺼나
그 한 마디라도 가르쳐다오.

자전차와 맥주가 있는 풍경

삼복 한더위, 그 사내는 언덕길을 오르고 있다.
끌고 가는 자전차 짐판에는 쌓아올린 세 쾌의 맥주 궤짝.
자기는 마시지도 못할 저 많은 맥주 때문에
흘린 땀은 맥주병을 몇 개나 채울 것인가.
그러자 언덕 위에서도 또 한 대의 자전차가 달려온다.
가볍게 핸들을 잡은 소년의 맥주처럼 시원한 모습…
갑자기 멈칫, 그리고 기우뚱,
비틀거리다가 맥주 궤짝은 비스듬히 넘어져 버린다.
맥주는 간데없고 온통 거품뿐이다.
신이여 보소서, 이 허황한 붕괴를
붕괴해선 거품이 이는 인간사의 우연을
당신의 뜻이지만
한번 정한 후에는 당신도 어쩌지 못하는
이 당신의 뜻을 보소서 신이여.

위약(違約)

1

약속은 그것을 지켰을 때보다
어겼을 때 더 많은 여운을 남긴다.
그만 깜빡 잊어버린 약속,
사후(事後)에 느닷없이 생각이 나서
혀를 차는 약속,
조금은 섭섭하고 조금은 아쉽고
또 조금은 죄스럽고 또 조금은…
혀를 차지만 역시 조금은
조금은 여운이 남는다.

2

벌을 서서
청소 당번이 된 날의 하학(下學) 종소리,
여섯 시 정각의 데이트를 놓친
여섯 번째의 괘종 소리,
이미 돌이킬 수 없는 운명의 소리,
위약(違約)은 언제나 사후에 깨닫는
그 운명의 여운이다.

3
잠시 한눈을 파는 새
그 사람은 떠나가 버렸다.
헤어지고 난 후에야 비로소
나는 사랑의 깊이를 깨닫는구나.
그늘이 밝음을 일깨워 주듯
위약이 나를 일깨워 준 약속의 무게,
또 그만한 삶의 무게,
조금은 단념하고 조금은 뉘우치고…
하지만 역시 조금은 그 여운이 남는다.

화가

수수께끼는 아무 데나 있다
연거푸 개칠을 거듭하는
나의 화면엔 물감 뒤에.

모나리자여
형체 없이 그러나 실재하는
여인.

그대 한량없는 미소의 뜻을
어찌 헤아릴까, 다만 나는
멀리 적적하게 떠날 뿐이다.

가도 가도 오지 않는
가서 부서지는 호면(湖面)의 파문을
모나리자여

멀리 가도 발밑을 보면
나는 결국 한자리에 주저앉아서
졸다 말다 그대를 바라볼 뿐이다.

나의 갈망이 되풀이하는
이 허황한 파종(播種)을 어쩔거나
봄이 되어도 움 돋지 않는.

모나리자여 나의 전지(田地)는
공중에 있다.
지상엔 없다.

가을변주곡

가는 자 이와 같은 강물이 흐른다

철환천하(轍環天下)의 여수(旅愁)에 물든

전국각지의 저녁노을

인간의 소망은 슬프다고 하지만

여자들은 싱싱하기 배추포기 같다

사대부의 수레가 지나가며 훔쳐보는

전국시대의 여자들의 종아리

언제는 전국시대 아닌 때가 있었던가

그때나 이때나

여자들은 강가에서 배추포기를 씻고

그때나 이때나

소국 노나라의 우리 집 뜨락엔

가을이 마지막 햇볕을 쏟고

그때나 이때나 슬픈 소망은

한결같이 하얗게 바래지고 있는 것을

먼발치에서

완만한 곡선

타원형 슬픔

거기 속속들이 스민 황톳빛깔

그런 한국의 산을 보자고

나는 혼자 여행을 떠난다

가서는 그대에게 편지하마

발신지는 모르지만 사연은 이렇다

사랑하는 이여

이제 나는 그대를 먼발치에서

바라볼 뿐이다

그렇다 먼발치에서

아니 그 먼발치로의 가을의 낙하(落下)

낙하하는 가을 속에 한국의 산

그 슬픈 능선이 떠 있다

전쟁시(戰爭詩)

전쟁은 꽃밭처럼 난만하다
아니 그 꽃밭에 엎드린
엎드려 땅바닥에 코를 박은
청년의 죽음
주검 옆엔 구멍이 뚫려 있다
포탄이 뚫은 구멍이다
지구는 밑바닥까지 들여다뵌다
버려진 듯이 만발한 꽃들
버려진 듯이 뒹굴고 있는 정적
지구의 밑바닥에서
아무리 퍼내도 그것은 한이 없다
나의 전쟁시(戰爭詩)는 다만
그 정적을 퍼내는 작업이다

돌베개의 시

밤엔 나무도 잠이 든다.
잠든 나무의 고른 숨결 소리
자거라 자거라 하고 자장가를 부른다.

가슴에 흐르는 한 줄기 실개천
그 낭랑한 물소리 따라 띄워 보낸 종이배
누구의 손길인가, 내 이마를 짚어주는.

누구의 말씀인가
자거라 자거라 나를 잠재우는.

뉘우침이여.
돌베개를 베고 누운 뉘우침이여.

감기
― 시를 쓰지 못하는 시인 3

미열 육 도 칠 분의 홍조
더운 이마를 식힐까 보다.

아스피린과 산탄(散彈) 엽총
그리고는 가벼운 홍분을 곁들인다.

가늠자 위에서 떨고 있는
새 한 마리.

방아쇠를 당기면
그러나 새는 이미 날아간 지 오래다.

빈 총소리만 요란하다.

시를 쓰지 못하는 시인의
감기를 앓는 기침 소리

미열 육 도 칠 분의 이마에
식은땀 같은 이건 뭔가.

구식여수(舊式旅愁)

섬으로 갈까 보다
지도를 펴들고 더듬는 뱃길…
가서 이렇게 살까 보다.

낮잠을 깬
섬의 선술집의
작부의 기둥서방의
선하품.

아직 해가 지기는 이른
오후 네 시쯤
또는 네 시 반쯤
얼굴이 꺼칠한 가을 해바라기.

육자배기나
목포의 눈물이나
떨어지지 않는 화투패나
또 무엇이나

신문벽지(新聞壁紙)의 빈대 핏자국이나

쌓인 담배꽁초나

콜록 기침이나

또 무엇이나

허세여 허세여

아아 적막한 허세여

이를테면 나로도(羅老島)의

외나로도(外羅老島)쯤으로 가는 구식여수(舊式旅愁)…

모조리 혼자 차지한 양

허세나 부리며 살까 보다.

무슨 짐작 있어

무슨 짐작 있어 흔들리는 나뭇가지
바람은 이제사 눈을 뜨네
밤이 오기 전 희부연 한때를
그 속에 떠오르는 아낙네들
하얀 얼굴
서로 미루듯 앞뒤를 살피며
담 밑에 숨었다가 뒤꼍을 돌아서
다시 앞마당에 나왔을 땐 어느새
모두들 얼굴을 가리고 있네
다만 조용히 땅에 끌리는 치맛자락
어두운 연못에 잔물결이네
여린 별빛이 내려다보네
무슨 짐작인가 흔들리는 나뭇가지
흔들리는 가락을 밟고
어느새 멀리 가버린 아낙네들
남은 흔적만을 감싸고 있네 몰래
부드럽게 팔을 벌리고
눈을 감고 밤은

숲

숲은 조용히 타고 있다
눈을 뜰 수 없는 금빛 불꽃의
황홀한 연상(燃上)에 출렁이는 바다여

육중한 물결이 가슴을 누빌 때
나는 높이 두 팔을 벌린다
물보라에 어리는 무지개의 둘레만큼

두 팔에 가득 안기는 무형의 암시
암시에 찬 이 허공을
불꽃이게 그리고 물결이게 하는 것

아아 나의 소망의 변환자재(變幻自在)여
누구도 그것을 볼 수 없다
새벽과 일모(日暮)의
노을이 비낀 그 시선이 아니고는

소묘

산에 올 때마다 가을은 한 겹씩 옷을 벗는다.

잘 익은 그러나 정욕엔 물들지 않은 그녀의 육체

팽팽한 탄력이 곡선에 눌려 더욱 뚜렷하다.

말끔히 씻긴 안정(眼睛)

눈으로도 맡는 향긋한 내음

어떠한 장식도 완미(完美) 앞에서는 남루에 불과하다.

차라리 낙엽처럼 떨어버려야 한다.

그러나 나는 해마다 그녀의 나체를 보는 덴 실패한다.

누구나 그녀의 슈미즈까지밖엔 볼 수 없을 것이다.

전라(全裸)가 되려는 그 찰나에 겨울이 덮쳐버리기 때문이다.

악한은 참을 수가 없었던 모양이다.

그때를 노리고 겨울은 지금도

저 풀숲 어디쯤에 숨어 있을는지 모른다.

바다

바다는 산허리를 감돌고 있다
이내 정상으로 기어오르는 물결
아득한 곳에서
삼십 년 전의 한 소년이 소리를 친다
얏호!
그 소리침을 그리고 메아리를
메아리에 흔들리는
삼십 년의 시간의 진동을
바다는 모조리 흡수해버린다
새벽을 덮은 만산(滿山)의 안개

산은 마침내 침몰한다

산비

산에 오는 비는
소리만 난다

먼 데서 또닥또닥
가슴을 두드린다

몰래 젖고
몰래 잠이 든다

단조로운 꿈을
되풀이한다

문득 나는
한 마리 새가 되어

운무만리(雲霧萬里)를
단숨에 날은다

축제 또는 내란

호박꽃 속에는
꿀벌 한 마리 갇혀 있다
붕붕거리는 축제여 내란이여
노란 호박꽃 태양
손으로 끝을 틀어쥔 태양
높이 들어 비쳐 보면
저쪽에도 또 하나 태양이 있다
태양 속엔 불을 먹는 개가 있다
멍멍 짖어대는 축제여 내란이여

겨울의 비

모조리 떨고 나니 온다
겨울의 비.

이젠 낙엽도 질 것이 없는
마른 나뭇가지,
빈 들판엔
남루를 걸친 계절의 신(神)이
혼자 웅크리고 있다.

머지않아 잠들 것이다.
그리고 묻힐 것이다.
그렇게 한 소절을 매듭짓는 의식(儀式)…

눈이 내릴 걸 생각한다.
눈물을 뿌릴 만도 하지만
눈물이 아닌 겨울의 비.

어제는 오후 내내 바람이 불고
오늘은 이 차가운 인식이
목덜미를 적신다.

이백(李白)에게

당신의 죽음은
취중(醉中)의 장난이다.

실재(實在)하는 것은
당신의 꿈,

달을 보고 뛰어든
그 환상이다.

허리춤에 차고 다닌
동정호(洞庭湖) 물결

그 물결에 아롱진
당신의 아폴로 계획…

이백(李白)!
당신은 허상에 불과하다.

익사(溺死) 후에 당신은
비로소 실재한다.

제3시집

꿈꾸는 한발(旱魃)

창원사, 1975

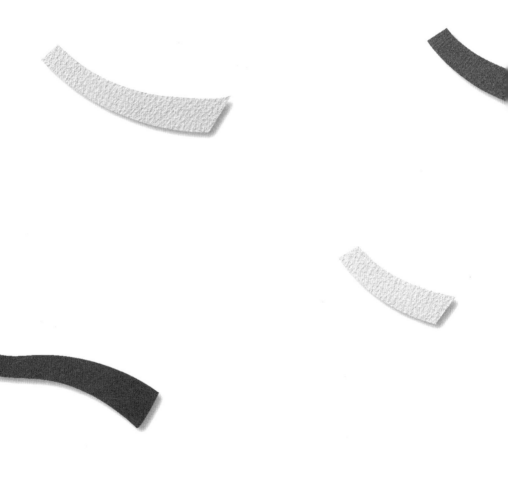

제1부

폭포

그대 아는가
나의 등판을
어깨서 허리까지 길게 내리친
시퍼런 칼자욱을 아는가

질주하는 전율과
전율 끝에 단말마를 꿈꾸는
벼랑의 직립
그 위에 다시 벼랑은 솟는다

그대 아는가
석탄기의 종말을
그때 하늘 높이 날으던
한 마리 장수잠자리의 추락(墜落)을

나의 자랑은 자멸(自滅)이다
무수한 복안(複眼)들이
그 무수한 수정체(水晶體)가 한꺼번에
박살나는 맹목(盲目)의 물보다

그대 아는가

나의 등판에 폭포처럼 쏟아지는

시퍼런 빛줄기

2억 년 묵은 이 칼자욱을 아는가

랑겔한스섬의 가문 날의 꿈

나 어느새 예까지 왔노라
가뭄이 든 랑겔한스섬
거북 한 마리 엉금엉금 기는
갈라진 등판의 소금꽃

속을 리 없도다
실은 만리장성으로 끌려가는
어느 짐꾼의 어깨에 허옇게
허옇게 번지는 마른버짐이니라

오 박토(薄土)여
반쯤 피다 말고 시들어 버린 메밀 농사와
쭉쭉 골이 패인
내 손톱 밑의 반달의 고사(枯死)여

가면 가는 그만큼
길은 뒤에서 허물어지나니
한 걸음 뗄 때마다 낭떠러지 하나씩 거느리고
예까지 온 길 랑겔한스섬

꿈꾸는도다 까맣게 탄 하늘

물도 불도 그 아래선

한 줌 먼지 되어 풀석거리는 승천(昇天)의 꿈

랑겔한스섬의 가문 날의 꿈이니라

엑스레이 사진

장안유남아(長安有男兒)
이십심기후(二十心己朽)
— 이하(李賀)

폐허의 풍경을 잡은

이 사진은 앵글이 기막히다

뼈대만 남은 고층건물

앙상한 늑골 새로

죽어서 납덩이가 된 도시를 보여준다

그 배경

담천(曇天)을 가로질러 모여든

까마귀 한 떼

무엇인가를 파먹고 있다

사람의 가슴이

가슴속에 흐르는 피가 붉다는 것은

거짓말이다

터지는 검은 먹물

그리고 폐허는 질척거린다

내일이면 함몰(陷沒)

다시 내일이면 늪이 될 폐허

수수께끼의 광선(光線) 엑스레이는

이처럼 오직 사실만을 증명한다

자갈밭

삽 한 자루
자갈밭 한 뙈기.

땅은 갈기 위해 있는 것이 아니고
묻기 위해

꿈을 파내 그 정수리를 찍어 버린
범행의 알리바이

불을 지르고는 저도 함께 타 죽는
그 완전범죄를 위해

아물어선 안 될 상처의 영구보존
소금절임을 위해

오 이 삽 한 자루의 적개심
수직의 환상

마침내는 한 뙈기 자갈밭이 남는
그 이미지를 위해 땅은 있다.

고전적 기도

주여 칼을 주소서
칼자루는 말고 그날을
쥐면 손바닥이 나가는
그러나 피가 흐르지 않게
더욱 힘주어 쥘 수밖에 없는 그것을

수은 한 방울
떨어뜨려 주소서 그 순수를
깊이 살 속에 스미는 단잠 한숨
그리고 온몸이
한 송이 커다란 함박꽃처럼 썩는 그것을

주여 또 불빛을 주소서
밝음이 아니라 어둠인 불빛을
죽은 여름의 혼령이
눈 없는 심해어의 눈을 비추는
주여 일점(一點) 귀화(鬼火)를 주소서

나의 하루

나의 하루는
새벽 설사와 공복(空腹)의 담배
깊이 빨아들이는 어지럼증이다

나의 하루는 오후의 발열
체온계를 낀 겨드랑 밑에서
썩고 있는 달걀

나의 하루는 밤이 없는
타마구 기름이다
24시간 내내 짓이긴다

오 한 숟갈 듬뿍 독(毒)을 탄 여름
무성한 잡초와 갈라진 발바닥!

나의 하루는 질긴 쇠심줄이다
그리고 혀를 빼문 개
개 같은 죽음이다

썰물

여름은 드디어 숨을 거둔다
그 마지막 경련이 끝나자
여기저기서 불거져 나오는 추문(醜聞)
개펄 바다

— 지금은 썰물이다
죽은 여름의 시독(屍毒)이 찬 배를 가르고
길이 열린다
석 달 만에 긁어낸 핏덩이와 그 어미가
발바닥에 회를 치면서 가는 길

그 눈이다
그 눈의 흰자위만의 확대다
간부(姦夫)여 몰래 숨어서
혼자 이 가을을 즐기라

장마

터진 내장이다

한 무더기 회충을 쏟는다

어느새 기정사실이 되어 버린

이 연금 상태

황제는 계속 무전을 치지만

그야말로 격화소양(隔靴搔痒)일 수밖에 없는

창궐하는 무좀이다

폐하 난중(亂中)이옵니다 고정하소서

바야흐로 여름은 퇴비처럼 뜨고 있다

또 갈아대는 습포(濕布)

진종일 차지도 않고 뜨겁지도 않으니

내 그대를 입에서 토해 내치리라

백치풍경(白痴風景)

하나님은 오늘밤 톱질을 한다

사르륵 사르륵

실톱으로 켜는 나의 갈비뼈

피 한 방울 흐르지 않고

하얀 톱밥

그 미세한 뼛가루가 떨어진다

하나님은 이따금 일손을 멈추고

안경을 고쳐 쓴다

훅 하고 톱밥을 불어낸다

갑자기 날개를 푸드덕거리는

남미산(南美産) 흡혈박쥐의 목마름

하나님은 손으로 입을 가리고

바튼 기침을 한다

이제는 늙어 피가 마른 하나님

잠도 없는 하나님

그래서 오늘 밤은

나의 갈비뼈나 썰고 있는 하나님

아 알겠다

들판이 들판 위에 넘어져 죽어 있는

새벽마다의 서리

그 허연 백치풍경(白痴風景)을 이제는 알겠다

첨예한 달

암살은 틀림없이 감행되었다
물증보다도 확실한 심증
심증보다도 더욱 확실한 것은
저 하현의 달이다

자객이 누구냐고 묻는가
피살자가 누구냐고 묻는가
보라 저기 저 고산(高山) 만년설에 꽂혀 있는
한 자루 비수
대답은 이미 소용없는 시간이다

눈물은 과거의 인류가 모두 흘리고
지금 남아 있는 것은
다만 이 첨예한 겨울 나의 노래
소리 없는 외마디소리의 스타카토

드디어 밤은 절명(絶命)한다
그렇다 밤은
죽지 않으면 다시 살아날 수가 없다
왕생(往生)하라 사자(死者)여

너를 축복하는 일편(一片)의 이미지
자객의 눈초리는 복면 속에서 빛나고 있다

석탄

석탄을 캔다.
페름기(紀) 이래의 어둠 속에 잠자는
흑인 거인
곡괭이로 어깻죽지를 내리찍어
그의 잠을 깨운다.
속살이 패어나고, 피가 철철 흐르는
아침 햇살
석탄은 일어난다.
석탄은 링컨 대통령을 믿지 않는다.
뉴욕 슬럼가의
골목골목에 가득 차 있는 석탄의 적의(敵意)
그것은 또 다른 적의를 갈망한다.
상극의 불길이 활활 타는 꿈
비약(飛躍) 또는 유혈혁명
흑인 거인은 눈망울을 디룩거린다.
보라
나의 채탄은 난폭한 노천굴이다.

제2부

사막의 소리

일찍이 나는 꿈꾸었노라

알리바바의

40인의 도둑이 외치는 소리

열려라 참깨!

나의 낙타는

이제야 그 사막으로 왔도다

전생의 억만 년

밤마다 별 하나씩 사구(砂丘)에 묻혔나니

그 별을 타고 앉아

멀리 떠나온 도성(都城)을 바라보면

우리 일당의 장거(壯擧)

약탈의 불길은 충천하는도다

축복하라

말발굽에 짓밟히는 아녀자들의

아비규환

번뜩이는 칼날의 낭자한 유혈은

유혈로서 축복하라

이윽고 새벽

나는 그들의 개선(凱旋)을 맞으리니

아아 바윈들 열리지 않으랴

사막의 소리는 외치는도다

열려라 참깨!

복면의 삼손

누구도 그 사내의 얼굴은 모른다
진종일 죽은 듯 기척이 없다가
밤중이면 뚜벅뚜벅
느린 발자국 소리 시멘트 바닥을 울린다
두꺼운 벽 굵은 쇠창살
그리고 파수병의 삼엄한 총검도
그 소리만은 어쩌지 못한다
어쩌지 못하는 그 소리는 겨울의 소리
천지(天地)가 골수까지 얼어붙는 소리
별빛이 얼음에 박히는 소리
사람들이 빙하시대에
떼죽음을 한 공룡의 무덤을 아는가
머리를 깎이운 복면의 삼손이
오늘 밤도 그 무덤을 찾아가는
둔중한 발자국 소리 들린다

기적(奇蹟)

적도하(赤道下)의 밀림 속
코끼리의 시체 하나 썩고 있다.

독한 냄새로 사방에 기별하는
이제야 혼자된 이 기쁨
거대한 짐승은 제 몸을 헐어
필생의 대향연을 벌인다.

오라, 바람아
햇빛아 미물(微物)들아
와서 먹고 마시고 취하라
여기 원래의 그대들 몫이 있다.

빙글빙글 돌아가는 광란의 도가니
하늘도 벌겋게 달아오른 그때
홀연 코끼리는 온데간데없고
상아 두 뿌리
높이 모천(暮天)을 뚫고 솟는 기적(奇蹟)!

썩게 하라 나를

그리고 내일 아침
서른두 개의 이빨을 남게 하라.

루시의 죽음

쥐약 먹고 죽은 쥐를 먹은

빈사(瀕死)의 루시

어두컴컴한 마루 밑에 숨어서

루시는 주인인 나를 보고도 이를 갈았다

기억하라

반드시 갚고야 말리라

눈에는 눈 이빨에는 이빨을

루시는 이미 개가 아니다

다만 증오

그 일점(一點)을 향해서만 타는

파란 백금 불꽃

일순(一瞬)

루시는 내 혈관을 뚫고 내닫는다

번뜩이는 칼날의

그 번뜩임처럼 황홀한 전율

루시는 이미 개가 아니다

독한 쥐약이다

기억하라 눈에는 눈 이빨에는 이빨

아니다 그 투명한 극치(極致)를

동상(凍傷)

발등을 찍자
아우여 그 도끼를 다오

세례 요한이 나무 밑에 두고 간
2천 년 동안 버려져 있는 도끼
그것으로 이 발등을 찍자

동상(凍傷)의 발등
벌겋게 부어오른 가려움증
그 속에 박힌 얼음을 찍어내자 아우여

겨울 벌판엔 단 한 그루
회한의 나무가 서 있을 뿐이다
동상의 발등을 딛고 선 다리처럼

(세례요한의 외침에도 불구하고
하나님의 진노는 없었다
그래서 사람들은
나무를 모조리 도벌해 가버렸다)

남은 그 한 그루 나무를 찍자

발등을 찍자

아우여 그 도끼를 다오

천 년의 독(毒)

눈물 한 방울 바다에 떨어진다
모든 눈물이 증발해 버리고
마지막 남은 한 방울 역청질(瀝青質) 눈물
그것은 작은 돌멩이처럼 가라앉는다
천 년 동안 잊혀진 돌멩이
그러나 그것은 천 년 동안 자라서
바위가 된다 암초가 된다
어느 날 나의 배는
그 암초에 부딪쳐 난파해 버린다
그렇다 내가 나에게 떨어뜨린
한 방울 역청질 독물(毒物)
그것은 틀림없이 천 년 만에 발효(發效)한다

칼을 간다

칼을 간다
칼을 가는 소리 서걱서걱
이따금 날을 비쳐보는
달빛

지난여름
호열자(虎列刺)가 휩쓸고 간 마을에
이제사 돌아온 1년 만의 가을이다
칼을 간다

죽은 자 곁에
살아남은 자의 죽음이 있다
밑바닥이 없는 가을의 밑바닥
눈이 있다

칼을 간다
칼을 갈 듯 그 눈을 간다
이따금 날을 비춰보는 달빛
가을을 간다

해바라기

황혼이로다
드디어 기우는 사직(社稷)이로다
변방에는 도둑의 무리
잔을 들고 고기를 뜯을 때
바닥난 내탕금(內帑金)
바닥을 보는 황음(荒淫)이로다
해여
이제 막 숨을 거둔 해여
너를 향해
신(神)들은 일제히 노래를 부르나니
오 바다
빛의 무덤
춤추는 어둠이로다
보라 어둠 속에 일륜(一輪) 해바라기
왕도 비빈(妃嬪)도 도둑도
모조리 삼켜버린 탐욕의 꽃이로다
땅 끝에 서는도다

국거리

국거리를 찾아서 시장 바닥을 헤매었다. 그러나 일모(日暮)에 그가 안고 돌아온 것은 빈 광우리에 한 아름 장작개비처럼 쌓인 피로(疲勞) 그것뿐이었다, 언제나.

푸줏간에는 산적(山積)한 고기, 사람들은 즐겁게 또한 손쉽게 갑(甲)은 등심 을(乙)은 선지 병(丙)은 내장을 골라잡았다. 그 뒤를 따라가서 막상 손을 내밀면 갑자기 푸줏간은 온데간데없고 다만 무수한 신발짝들만이 거리에 나뒹굴었다. 때는 바야흐로 낙엽 지는 가을이었다.

이 적막한 회상의 계절에 그는 일락서산(日落西山)의 무거운 발걸음을 옮겼다. 그날 밤 그는 주먹을 쥐고 결단을 내렸다. 국거리 대신 여태까지 쌓인 피로를 파먹자. 가마솥에 물을 가득 붓고, 뼈다귀처럼 앙상한 그것들을 토막토막 잘라 모조리 집어넣고, 그는 밤 내 불을 지폈다.

기적(奇蹟)은 반드시 있다! 이튿날 아침 구수한 냄새에 이끌려 솥뚜껑을 열었을 때 그는 거기서 기적을 본 것이다. 기름이 둥둥 뜨는 뿌연 국물은 기적보다도 더 눈물겨웠다.

우선 한 모금 맛을 본 그는 흔연히 웃으며 이번에는 솥째로 들어 마시려다가 그럴 수가 없어 제 자신이 가마솥 안으로 들어앉았다. 그러자 부엌에

자욱하게 서렸던 김은 어느덧 오색(五色) 무지개로 변하였다.

멀리 하늘로 뻗힌 그 찬란한 층층대를 밟고 아무도 몰래 승천한 사나이. 꿈에 가끔 그를 만난다.

손가락

손가락에 불을 켠다지만
손가락에는 눈이 없다
눈 없는 손가락이 눈 하나를 후벼내고
남은 눈 하나에 불을 켜는 손가락

※

엄지 그 늙은 난쟁이 땅꾼은
때때로 뱀처럼 고개를 쳐든다

언제 어디서나
지옥으로 가는 길을 가리키는 인지

장지 너 무용지장물(無用之長物)로는
하릴없이 바다를 휘젓고

눈물단지의
눈물의 분량을 재어보는 약지

그 옆에서는 배신의 소악마(小惡魔)

계지 혼자 웃고 있다

※

손가락은 꿈꾼다
돌아가는 선반(旋盤)에 치어 절단되는 손가락
절단되어 팔딱팔딱 뛰는 손가락
하나가 모자라는 앙굴마라의 천 개의 손가락
그 모든 손가락 끝에서
꿈은 밤마다 독조(毒爪)처럼 자라고 있다

제3부

바늘

나는 나의 심장을 바늘로 찌른다.
심장은
살아 있는 그대로 조용히 멎는다.

그 완전무결한 죽음
바늘은 비소(砒素)처럼 청결하다.

신(神)의 표본상자엔 무수한 나비들이
별이 되어 꽂혀 있다.

은하여, 하루살이들의 혼령
공중에 뜬 도성(都城)의 불빛이여.

너의 눈동자를 바늘로 찌른다.
그 속에 감춰진 꿈
한 마리 아편벌레를 잡는다.

무지개 음독(飮毒)

나는 애를 낳지 못하는 여자
다달이 월경은
깊이 살 속으로만 번지고
그리하여 내 하복부는 마침내
뱀처럼 붉어진다
뱀 잔등에 어리는 무지개

친구 열둘을
모조리 등 뒤에서 쏘아버린 사내가
은 서른 냥으로 나를 산다
총 대신 그의 욕정의 뱀은
얼음처럼 내 자궁에 박힌다
얼음 무지개

누가 알 것인가
나의 이 음흉한 음모
그리고 이 음란한 음독(飮毒)을!

식인종의 이빨

굴을 한 접시 담은 그대 허벅지

한 오백 년 달빛이 밴

식인종의 이빨이 그대를 베문다

베물어도 미끈덕 빠져버리는

한 마리 파충류

빈 접시 위에

그대는 그림자가 되어 눕는다

아니 무수한 파충류가 기는

진창이 되어 그대는 눕는다

진창에 박힌 식인종의 이빨

한 오백 년 벼르고 벼른

나의 정사(情事)는 몽정으로 끝난다

바다

어젯밤 나는 바다를 죽였다.

작살의 섬광 아래
바다는 온몸을 뒤틀면서
단말마의 소리를 질렀다
알고 보니 바다는
거대한 어둠의 흡반(吸盤)이었다
나를 덮쳤다
모든 길은 차단되고
동시에 모든 길은 개방되었다
작살은 불꽃처럼 춤을 추었다
죽이는 자와 죽임을 당하는 자의
그 살기(殺氣) 찬 오르가슴!

어젯밤 나는 바다를 죽였다.
교미를 끝낸 혹종(或種)의 곤충처럼
나도 함께 죽었다.

자정(子正)의 숲

자정(子正)의 숲은 잠을 깬다
일군(一群)의 다족류 스멀스멀
모근(毛根)을 뻗히면서

간지러워라
그리고 서서히 노염을 타는
그리고 마침내는 벌떡 일어서는
침엽수들
자정의 숲은 노린다

살의여
서로가 서로의 눈동자를
다만 그 검은 일점(一點)을
찔러서 마지않는 일격필살이여
심야의 소낙비

그러나 보라
밀의(密儀)는 다만 경련으로 끝나고
주검 위에 주검이 겹쳐진 일면(一面)의 이녕(泥濘)
자정의 숲은 침몰한다

악어와 해바라기

악어 한 마리
대로(大路) 한복판으로 기어나와
크게 입 벌리고 웃고 있다

싯누런 이빨
싯누런 이빨이 해를 물고 있는 해바라기
전라(全裸)의 해바라기

여름은 실로 후안무치(厚顔無恥)하다
타르질(質) 욕정이
악어 배때기에 쩍쩍 들어붙는다

그 백주(白晝) 대로상(大路上)의 야합의 현장에서
백치(白痴)처럼 홍소(哄笑)하는 해바라기
외설(猥褻)을 극(極)하는 해바라기

부어라 악어의 피 한 동이
그 냉혈을 기름처럼 끓여서
이 거리에 부어라

사랑가(歌)

사랑은
돌 속에 밖에는 감출 데가 없다
돌을 뚫고 돌심에 박히는 모세혈관
그 끝의 독침

어느 날 내 몸엔
일제히 검붉은 두드러기가 돋지만
아무리 긁어도 살이 헐 뿐
그 뿌리는 빠지지 않는다

헌 살의 진물
진물처럼 진한 가을
바다를 죽이고
비로소 빛나는 유기수은(有機水銀)의 미립자

사랑은 언제나 틀림없는 치사량이다
바늘 끝에 묻혀 돌심에 감추는
그 맹독의 미크론 단위(單位)
하늘을 덮는다

발열(發熱)

그대는 내 종기(腫氣)
다년생 숙근(宿根)
해마다 벌겋게 되살아난다.

또 한 차례 곪기까지는
곪아서 아른아른
붉은 피가 노랗게 익을 때까지는

견디고 있으마 이 봄을
꽃 한 송이 캄캄하게 피는
그 화농과정(化膿過程)의 재증(災症)을
— 손대지 말아라!
열(熱)은 어차피 나는 열
눈멀고 귀먹은 전신발열이다.

물

얼음 속에 갇혔다 빠져나온 물은
실눈을 뜨고 살며시 대지에 스민다
스며선 뿔뿔이 흩어지는 물
네덜란드의 둑으로도 가고
백두산 천지로도 기어오른다
마나과의 지진터 그 폐허를 찾아가서는
늙은 겨울의 해진 구두 밑창을 적시는 물도 있다
그러나 어떤 한 줄기는 엉뚱하게
내 혈관 속으로 기어든다
겨우내 검게 응어리진 피를 풀자는 뜻인가
그래서 나를
슬픔을 다는 저울침의 눈금처럼
파들거리게 하자는 뜻인가
쳐다보면 뿌연 하늘
하늘에도 벌써 물 한 줄기 스며 들었고나!

꽃샘

대륙의 황진(黃塵)
반도(半島)의 꽃샘
삼이웃이 모두 독감을 앓는다

기침 소리 충격적이다
충격적인 일진(一陣) 회오리바람
대청소의 한나절은 엉망이 되고
휴지 조각 까마득히 하늘로 치솟는다
눈을 감아라 꼭
마술사의 날카로운 기합 소리
자 이젠 보시오
포장을 제치면 바람은 자고
창밖엔 나비 한 마리 나풀거리는
오 이 백주의 둔갑조화(遁甲造化)!

자서

자서

『꿈꾸는 한발(旱魃)』은 나의 세 번째 시집이다.

첫 시집『적막강산』은 시를 쓰기 시작한 지 15년 만인 63년에 냈고, 두 번째 시집
『돌베개의 시』는 그로부터 다시 9년 만인 71년에 냈다. 이번의 이것은『돌베개의 시』
이후 5년 만에 내는 시집이다. 5년 만에 시집을 낸다는 것은 첫 번째와 두 번째의 경
우로 미루어, 나에게 있어서는 전례 없는 속성(速成)이라 할 수 있다. 좀 뭣한 말이지
만 나로서는 그동안 시를 제법 많이 쓴 셈이다.

제법 많이 썼다고는 해도 남들과 비교하면 분량은 아직 평균수준에 이르지 못한다.
그리고 문제는 양이 아니고 질이다. 그럼에도 불구하고 무슨 대단한 일이나 되는 것처
럼 5년 만에 시집 한 권을 낸다는 말을 하고 있으니 미상불 쑥스러운 일이다.

첫 번째『적막강산』은 누구나 흔히 그럴 수 있는 20대의 자연발생적 서정이 그 내
용을 이루고 있다. 두 번째의『돌베개의 시』는 거기에 회의를 품고 새로운 시를 찾아
나선 내가 방황 중에 쓴 산만하고 타성적인 메모를 묶은 것이다. 세 번째의 이『꿈꾸
는 한발』은 말하자면 그러한 방황 끝에 나로서는 이것이다 하고 찾아낸 새로운 시의
지평이라 할 수 있다. 사실은 그래서 쑥스러움을 무릅쓰고 5년 만이라는 말을 되풀이
한 것이다.

여기에 이르러 나는 비로소 시인이란 자각을 갖게 되었다. 시란 필경 언어로써 구
축되는 가공(架空)의 비전이다. 가공의 비전, 꿈이 아닌가. 그러므로 나에게 있어서
의 시인이란 자각은 꿈꾸는 사람이란 자각이라 할 수도 있다. 그러나 나의 꿈은 장밋
빛으로 채색되어 있지는 않다. 오히려 어둡고 음산하다. 어떤 것은 지나치게 그로테
스크해서 독기 같은 것을 느끼게 할지도 모를 지경이다.

혼히 말하는 장밋빛 꿈은 그 바탕에 실현의 가능성을 내다보는 기대가 있다. 설령 실현되지 않는다 하더라도 그것이 실현되기만 하면 인간은 틀림없이 행복해질 수 있다는 압티미스틱한 믿음이 있다. 장밋빛은 행복을 표상하는 빛깔이다.

나의 꿈엔 그러한 장밋빛이 없다. 물론 의식적으로 배제한 것이다. 그렇게 되면 꿈은 그 실현의 가능성에 대한 기대를 박탈당해 버린다. 박탈당하면 어떤가. 꿈은 어차피 실현될 수 없는 것이고 또 실현된다고 해도 별 수가 없는 것이다. 그러한 꿈이 장밋빛 외양을 갖는 것은 이유가 어디에 있든 위장이라 할밖에 없다. 위장을 벗어던진 참다운 꿈은 실현되기 위해 있는 것이 아니고 실현되지 않기 위해 있는 것이다. 희망이 아니라 절망을 확인하기 위해 있는 꿈, 그것이야말로 참다운 꿈이다. 당연한 일이지만 그러한 꿈은 이른바 행복이라는 것을 믿지 않고 세계와의 화해를 거부한다.

그래서 어떻게 땅에 발붙이고 살겠느냐고 걱정하는 사람이 없지 않을 것이다. "사는 일말인가? 그런 것은 하인들에게나 맡겨 둬라!"는 릴라당의 말은 그에 대한 대답이 되지 않을까 싶다. 다 아는 일이지만 릴라당은 하인을 두기는커녕 가난의 밑바닥을 헤매다 간 사람이다.

'꿈꾸는 한발(旱魃)'이라는 제목은 수두룩한 작품의 하나인 「랑겔한스섬의 가문날의 꿈」에서 따왔다. '한발'이란 가뭄을 뜻하는 말이지만 동시에 가뭄을 맡고 있는 귀신의 이름이기도 하다. 내용을 3부로 나눈 것은 경향별 분류를 시도한 것이지만 결과는 그저 쉼표 정도의 의미밖에 없는 것이 되고 말았다.

1975년 11월

제4시집

풍선심장

문학예술사, 1981

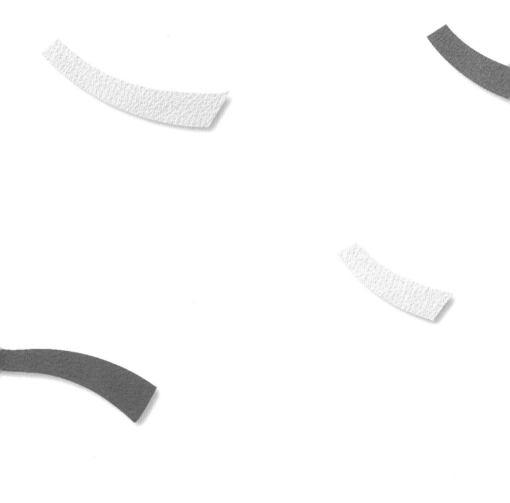

제1부

암세포

우리의 번영은 하늘을 찌른다.
모든 성좌
모든 천체를 사정없이 덮치는
우주 공간 마라푼다(malapunda)—
우리는 하늘마저 약탈해 버린다.

일상의 때가 낀
티눈만도 못한 육안은 그러나
아무것도 모른다.
다만 일편(一片)의 유리 조각과
그 위에 달라붙은 한 점 얼룩을 볼 뿐이다.

가장 냉정한 제삼자
현미경이여 네가 말하라
밤 내 폭죽이 터지는 우리의 축제
광란의 증식
그 홀연한 성운의 탄생을……

우리에겐 아무런 제약이 없다.
폭탄처럼 자유롭다.

그러므로 우리는 천방지축
정체불명이다.
그렇다, 우리의 그 정체불명의 침략성

그러나 보라
평화는 오직 우리의 것이다.
막강한 군기(軍旗)가
명정(銘旌)보다도 화려하게 나부끼는 우리의 점령지
그곳은 너의 안식을 보장한다.

면도

면도를 한다.
수염이 아니라 뭉툭한 입술
입술 뒤에 숨은
교활한 혓바닥을 슬쩍 눌러 버린다.

슬쩍
그러나 깊이 전류처럼 뻗히는
잔인한 청결감

미처 아픔을 느끼기 전
미처 피가 배나오기 전
말이 미처 말 되기 이전의
말의 그 속살의 단면

흐려질라 햇빛을 막아라
빛 없는 곳이라야 제 빛이 살아나는
위험한 유혹이다 그것은

유혹에 끌려 빗나가는 손
아니 나의 고의적 실수

면도를 한다. 수염이 아니라
혓바닥이 아니라 말을 민다.

바다무제(無題)

삽으로
밤 내 바다를 퍼낸다.

새벽녘에는
한 방울 땀으로 졸아들어
물결 새로 뚝 떨어져 버리는
간밤의 꾸리[꿈力]

그 무명의 죽음 속에 응축된 바다를
바다가 삼킨다.
꾸리의 혼령 플랑크톤
그 위에 아침 햇살이 퍼진다.

오 참극이여
클라이맥스가 없는 되풀이
되풀이

바다를 퍼내
바다에 보탠다.

분수(噴水)

너는 언제나 한순간에 전부를 산다.

그리고 또

일시에 전부가 부서져 버린다.

부서짐이 곧 삶의 전부인

너의 모순의 물보다

그 속엔 하늘을 건너는 다리

무지개가 서 있다.

그러나 너는 꿈에 취하지 않는다.

열띠지도 않는다.

서늘하게 깨어 있는

천 개 만 개의 눈빛을 반짝이면서

다만 허무를 꽃피운다.

오 분수, 냉담한 정열!

오진(誤診)

백괴입아장(百怪入我腸) ─ 한유(韓愈)

뱃속에 사막 하나 들어앉아 있다.

시초는 어느 날의 조그만 속쓰림

─ 위궤양입니다.

온 천만에,

끝 없는 끝 없는 공복입니다.

문어가 제 다리를 뜯어먹듯

위장이 위장을 갉아먹는다.

그때마다 내가 져다 메운 모래 한 짐

모래는 드디어

위장 없는 뱃속을 사막으로 채운다.

이제 속쓰림은 없다, 다만 정적

또는 그 정적만큼

거대하게 입을 벌린 백주(白晝)의 공복

밤마다 소낙비는 쏟아지지만

빗줄기를 타고 이매망량(魑魅魍魎)은 날뛰지만

이튿날의 내 입술은 언제나 튼 채로 있다.

─ 안심하십시오, 완치됐습니다.

간반(肝斑)

— 만하(萬夏)에게

그는 몰래 손바닥을 펴본다.
나 혼자 아는 비밀
어젯밤 별 하나 훔쳐서 움켜쥔 그 손바닥을……

해 아래 어디 새것 있던가
하늘에는 별이 있을 리 없다.
그의 손바닥 그 살 속에
붉은 간반으로 박혀 있을 밖에는

기억하라
80년 동안 일사병을 견딘 사나이의 이마를
그리고 십자가에 매달린 청년의
손바닥의 못 자국을

하나의 정신은
하나로 있기 위해 수많은 정신을 배반한다.
배반자의 완강한 침묵
침묵의 은유

사막에 뒹구는 낙타의 두개골엔

허무의 저쪽으로 빠지는 동굴
퀭한 안와(眼窩)가
그리고 시궁창에 처박힌 자에게는
그 동굴을 꿈꾸는 눈이

양은 아흔아홉 마리가 아니다
한 마리다.
비밀은 그 한 마리가 간직한다.
별 하나 훔쳐서 움켜쥔 손바닥의 간반

실은 어젯밤의
모든 어둠이 거기 수렴되어 있다.

나뭇잎을 가만히 들여다보면

나뭇잎을 가만히 들여다보면
한 세기 전의 해적선이 바다를 누빈다.
나뭇잎만큼 많은 돛을 달고
그 어떤 격랑도 지울 수 없는
벌레 먹은 항적(航跡)

나뭇잎을 다시 들여다보면
나무가 뿌리째
그 밑바닥에 침몰해 있다.
파들파들 떨리는 단말마의 손짓
잎사귀들이

또 나뭇잎을 들여다보면
그것은 여름이다. 한 도시의 독기가
곪고 드디어 곪아서 터지는
통쾌한 소낙비, 낙엽이 아니다.

오 하릴없이 나뭇잎을 들여다보는 눈
누군가 대못을 두드려 박아
지구의 밑바닥에 구멍을 뚫는 눈

눈이 된 잎사귀

천변만화(千變萬化)한다
나뭇잎을 가만히 들여다보면
그 눈이 또한.

가을맞이 연습

올여름 반찬은
간고등어 한 마리 천장에 매달았다
그 허연 소금범벅 속에서도
나의 꿈
꿈을 파먹고 자라는 구더기들

그리고 나는
개도 안 먹는 여름감기
복중(伏中)에 독감을 불러와서 식욕을 내쫓았다
황무지에 버려진 녹슨 현악기
늑골만을 남기고

귀를 기울여라 그것은 울린다
머지않아 가을이다 가을이다 하고
그래서 나는 여름 내내
마르는 연습
파먹히는 연습을 하고 있다

어차피 헛되고 헛된 어제의 되풀이
겨우 그것 바라고

장난이 아니라서 장난만도 못한
나의 가을맞이 연습
— 내버려 두라니까!

풍선심장

심장을 만듭니다.
풍선에 바람을 불어넣어
색칠을 합니다.

원래의 심장은
지난여름 장마 때
피가 모조리 씻겨 빠졌습니다.

그리고 장마 뒤의 불볕 속에서
내 심장
빈껍데기만 남은 그것은
허물처럼 까실까실 말라버렸습니다.

이제는 쓸모가 없게 된 심장
구겨 뭉쳐 쓰레기통에 내버린 심장
한데도 사람들은 여전히
심장을 달랍니다.

드리고 말고요
어렵잖은 일입니다.

당신의 맘에 꼭 드는
예쁘장한 심장

어두운 가슴속에
감추어 둘 필요가 없습니다, 그것은
쩨쩨하게 혼자
독점할 것도 없습니다, 그것은

자 둥둥 하늘에 떠우는 심장
떠다니다 어떻게 되는지는 아무도 모르는 심장
오늘 나는 그 풍선심장에
곱게 곱게 색칠을 합니다.

슬로비디오

날으는 화살은 움직이지 않는다. ─ 제논

자 골인의 순간이다.
승자여 너의 영광을 보라,
마치 무중력 상태에서처럼
일그러진 표정으로 맥없이
허우적거리는

옆구리 찔러 절 받기로
슬쩍 옆구리를 찔렀더니
그도 장난삼아 천천히 허리를 굽히고
또 무릎을 꾼다.
일러 가로되 케이오의 순간이다.

허구로써 허구의 껍질을 벗기는
슬로비디오
나는 그대들의 진실을 비웃고
거짓으로 죽으리라
하마처럼 크게 하품을 하면서

자 절명의 순간이다.
칼을 맞고

뒤로 몸을 뻗대는 나의

그 무용교본의 사진판 도해(圖解) 같은

슬로비디오

복어

복어는 늘 화를 내고 있다.
최근의 화는 아직 부글부글 끓고 있다.
부글부글 메탄가스처럼
그 때문에 우스꽝스럽게 북배가 튀어 나온
만화 같은 불평분자
그러나 끓고 끓어서
청산가리 13배로 농축된 그 알맹이는
창자 속에 또는 피 속에 차갑게 간직된다.
사람들은 그 진짜는 질색이다.
세심한 주의로 모조리 제거하고
무해무득(無害無得)한 부분에만 입맛을 다신다.
그래도 속이 확 풀린다니 천만다행이다.
겨우 술꾼들의
속이나 풀어주는 그 속은 아랑곳없는
이 인공의 국물 한 그릇,
오 형제여 위선의 독자여
어릴 때 나는
쓰레기통에 버려진 복어 대가리가
밤 내 파란 인광(燐光)을
뿜고 있는 것을 본 일이 있다.

세쌍둥이 왕자

세쌍둥이 왕자
궁궐을 짓는다
하나는 화부(火夫)
하나는 독경(讀經)
하나는 타고 남은 뼈를 추려서
기둥을 세운다
그들의 식량은 부왕(父王)이다

비가 오는 날
햇볕 쨍쨍 여우비 오는 날
세쌍둥이 왕자 궁궐을 짓는다
하나는 어정어정
하나는 아장아장
하나는 큰대자로 누어서
코를 곤다

만사(萬事)는 삼세판
세쌍둥이 왕자 궁궐을 짓는다
하나는 산초
하나는 양은 냄비의 투구

하나는 그때 그 시설의 당나귀 그것에
먹줄을 먹인다
흘린 땀 총계(總計) 서 말정(整)

하늘에도 마른번개 치더라
세쌍둥이 왕자 찢고 까분다
돌아서 돌아서 제자리에 돌아온
근엄한 헛수고
에라 우리의 식량은 부왕이다
포식하는 세쌍둥이 왕자
완벽한 무책임

자연연구
— 第一章 봄

때는 바야흐로 봄입니다.
가슴속 응혈이 풀려 날뛰는 계절
봄입니다. 봄.

아무도 없습니다.
있을 턱이 없습니다.
이 세상은 끝장이 나고
다만 잿더미만 남은 허허벌판

그 벌판에 봄비가 내립니다.
내리지만 아무 데도
싹틀 씨앗이라곤 없는 봄비
(그렇거나 말거나)

비가 그치고 햇살이 퍼집니다.
돋아날 풀잎, 피어날 꽃 한 송이 없이
마구 쏟아지는 이 엄청난 낭비
하느님 혼자 벌이는 잔치

신납니다, 정말

무슨 짓을 한들 누가 뭐래
멋대로 맛대로
식어버린 지구를

우리가 모두 가고 난 뒤에도
우리가 오기 전의 그때처럼
봄이 저 혼자 미칩니다.

탐욕의 서랍

— 이병주(李炳注)

그의 서랍 속엔
메모 쪽지들이 하나 가득
오구잡탕으로 뒤섞여 쌓여 있다.

말이 서랍이지 사실은 창고
귀신 붙은 구닥다리 궤짝에서부터
엊그제 갓 나온
웨스팅하우스의 컴퓨터까지

여자로 치면
퍼렇게 납독 오른 퇴물 기생과
댕기머리 동기(童妓)
그리고 그 사이의 언니 동생들이 모두
잡거(雜居)하고 있다.

하지만 그는 몸이 가볍다.
때로는 지구를 훌쩍 건너뛰어
항구 알렉산드리아의 뒷골목을 거닌다.

가리긴 뭘 가려

청탁불문(淸濁不問)이지
온갖 더러움을 다 받아들이지만
보라구 저 파란 바다를

그러고 보니 그의 서랍
아니 그의 창고의 내장 구조는
바다 하나 삼킬 만큼 탐욕스럽다.

제2부

장마

터진 내장이다

한 무더기 회충을 쏟는다

어느새 기정사실이 되어 버린

이 연금 상태

황제는 계속 무전을 치지만

그야말로 격화소양(隔靴搔癢)일 수밖에 없는

창궐하는 무좀이다

폐하 난중(亂中)이옵니다 고정하소서

바야흐로 여름은 퇴비처럼 뜨고 있다

또 갈아대는 습포(濕布)

진종일 차지도 않고 뜨겁지도 않으니

내 그대를 입에서 토해 내치리라

바늘

나는 나의 심장을 바늘로 찌른다.
심장은
살아 있는 그대로 조용히 멎는다

그 완전무결한 죽음
바늘은 비소(砒素)처럼 청결하다.

신(神)의 표본상자엔 무수한 나비들이
별이 되어 꽂혀 있다.

은하여, 하루살이들의 혼령
공중에 뜬 도성(都城)의 불빛이여.

너의 눈동자를 바늘로 찌른다.
그 속에 감춰진 꿈
한 마리 아편벌레를 잡는다.

랑겔한스섬의 가문 날의 꿈

나 어느새 예까지 왔노라
가뭄이 든 랑겔한스섬
거북 한 마리 엉금엉금 기는
갈라진 등판의 소금꽃

속을 리 없도다
실은 만리장성으로 끌려가는
어느 짐꾼의 어깨에 허옇게
허옇게 번지는 마른버짐이니라

오 박토(薄土)여
반쯤 피다 말고 시들어 버린 메밀 농사와
쭉쭉 골이 패인
내 손톱 밑의 반달의 고사(枯死)여
가면 가는 그만큼
길은 뒤에서 허물어지나니
한걸음 뗄 때마다 낭떠러지 하나씩 거느리고
예까지 온 길 랑겔한스섬

꿈꾸는 도다 까맣게 탄 하늘

물도 불도 그 아래선

한 줌 먼지 되어 풀석거리는 승천(昇天)의 꿈

랑겔한스섬의 가문 날의 꿈이니라

자갈밭

삽 한 자루
자갈밭 한 뙈기.

땅은 갈기 위해 있는 것이 아니고
묻기 위해

꿈을 파내 그 정수리를 찍어버린
범행의 알리바이

불을 지르고는 저도 함께 타 죽는
그 완전범죄를 위해

아물어선 안 될 상처의 영구보존
소금절임을 위해

오 이 삽 한 자루의 적개심
수직의 환상

마침내는 한 뙈기 자갈밭이 남는
그 이미지를 위해 땅은 있다.

첨예한 달

암살은 틀림없이 감행되었다.
물증보다도 확실한 심증
심증보다도 더욱 확실한 것은
저 하현의 달이다.

자객이 누구냐고 묻는가
피살자가 누구냐고 묻는가
보라 저기 저 고산(高山) 만년설에 꽂혀 있는
한 자루 비수
대답은 이미 소용없는 시간이다.

눈물은 과거의 인류가 모두 흘리고
지금 남아 있는 것은
다만 이 첨예한 겨울, 나의 노래
소리 없는 외마디소리의 스타카토

드디어 밤은 절명(絶命)한다.
그렇다 밤은
죽지 않으면 다시 살아날 수가 없다.
왕생(往生)하라 사자(死者)여

너를 축복하는 일편(一片)의 이미지
자객의 눈초리는 복면 속에서 빛나고 있다.

복면의 삼손

누구도 그 사내의 얼굴은 모른다.
진종일 죽은 듯 기척이 없다가
밤중이면 뚜벅뚜벅
느린 발자국소리 시멘트바닥을 울린다.
두꺼운 벽 굵은 쇠창살
그리고 파수병의 삼엄한 총검도
그 소리만은 어쩌지 못한다.
어쩌지 못하는 그 소리는 겨울의 소리
천지(天地)가 골수까지 얼어붙는 소리
별빛이 얼음에 박히는 소리
사람들아 빙하시대에
떼죽음을 한 공룡의 무덤을 아는가.
머리를 깎이운 복면의 삼손이
오늘 밤도 그 무덤을 찾아가는
둔중한 발자국소리 들린다.

동상(凍傷)

발등을 찍자
아우여 그 도끼를 다오

세례 요한이 나무 밑에 두고 간
2천 년 동안 버려져 있는 도끼
그것으로 이 발등을 찍자

동상의 발등
벌겋게 부어오른 가려움증
그 속에 박힌 얼음을 찍어내자 아우여

겨울 벌판에 단 한 그루
모한(侮恨)의 나무가 서 있을 뿐이다.
동상의 발등을 딛고 선 다리처럼

(세례 요한의 외침에도 불구하고
하나님의 진노는 없었다
그래서 사람들은
나무를 모조리 도벌해 가버렸다)

남은 그 한그루 나무를 찍자

발등을 찍자

아우여 그 도끼를 다오

무지개 음독(飮毒)

나는 애를 낳지 못하는 여자
다달이 월경은
깊이 살 속으로만 번지고
그리하여 내 하복부는 마침내
뱀처럼 붉어진다
뱀 잔등에 어리는 무지개

친구 열둘을
모조리 등 뒤에서 쏘아버린 사내가
은 서른 냥으로 나를 산다
총 대신 그의 욕정의 뱀은
얼음처럼 내 자궁에 박힌다.
얼음 무지개

누가 알 것인가
나의 이 음흉한 음모
그리고 이 음란한 음독(飮毒)을!

고전적 기도

주여 칼을 주소서
칼자루는 말고 그날을
쥐면 손바닥이 나가는
그러나 피가 흐르지 않게
더욱 힘주어 쥘 수밖에 없는 그것을

수은 한 방울
떨어뜨려 주소서 그 순수를
깊이 살 속에 스미는 단잠 한숨
그리고 온몸이
한 송이 커다란 함박꽃처럼 썩는 그것을

주여 또 불빛을 주소서
밝음이 아니라 어둠인 불빛을
죽은 여름의 혼령이
눈 없는 심해어의 눈을 비추는
주여 일점(一點) 귀화(鬼火)를 주소서

칼을 간다

칼을 간다
칼을 가는 소리 서걱서걱
이따금 날을 비춰보는
달빛

지난여름
호열자(虎列刺)가 휩쓸고 간 마을에
이제사 돌아온 1년 만의 가을이다
칼을 간다

죽은 자 곁에
살아남은 자의 죽음이 있다
밑바닥이 없는 가을의 밑바닥
눈이 있다

칼을 간다
칼을 갈듯 그 눈을 간다
이따금 날을 비춰보는 달빛
가을을 간다

제3부

구식여수(舊式旅愁)

섬으로 갈까 보다
지도를 펴들고 더듬는 뱃길……
가서 이렇게 살까 보다.

낮잠을 깬
섬의 선술집의
작부의 기둥서방의
선하품.

아직 해가 지기는 이른
오후 네 시쯤
또는 네 시 반쯤
얼굴이 꺼칠한 가을 해바라기.

육자배기나
목포의 눈물이나
떨어지지 않는 화투패나
또 무엇이나

신문벽지(新聞壁紙)의 빈대 핏자국이나

쌓인 담배꽁초나

콜록 기침이나

또 무엇이나

허세여 허세여

아아 적막한 허세여

이를테면 나로도(羅老島)의

외나로도(外羅老島)쯤으로 가는 구식여수(舊式旅愁)……

모조리 혼자 차지한 양

허세나 부리며 살까 보다.

손

그대의 사랑을 나는 이 손으로 느낀다.
어머니의 젖가슴을 만지며 잠든 한 떨기 꽃
꽃 같은 손이다
깨어나면 어느덧 턱 밑에 수염이 자란 손
노동하는 손이다.
대폿집에서 빈대떡을 집으며
눈보라 치는 밤에 호호 입김을 불며
그 손을 펴들고 받드는 중량
휘어지는 반동(反動)
그러나 내게 남은 체온을
악수로써 친구들과 나누는 손이다.
모든 사람들이 손을 잡는 손.
실은 나 혼자서 이마를 짚는 손.
추억의 그넷줄을 잡고 멀리 하늘을 날으는 손.
무한한 가능의 항로 위에서
또는 더 이상은 갈 수 없는 벽 앞에서
때로 내 손은 춤을 추지만
때로 내 손은 속수무책이다.

밤

누군가 밤 내 바위를 쪼고 있다.
그 정 소리의 울림만큼 밤은 깊어간다.
심야에 이르러선 온 골이 쩡쩡
진동한다.
살아 있는 모든 것들이
잠을 깨선 일제히 울어댄다
도대체 죽은 것이 어디 있는가
죽음조차도 그렇게 소리치며 울고 있다.
일이 마침내 여기에 이르도록
온갖 혼령을 흔들어 깨운 자 누군가
미련하게도 무작정 바위를 쪼아대는
저 밤 내의 정 소리는 누구의 짓인가.

유성(流星)

사랑은 가만히 잠들지 않고
왜 갑자기 떨어져 죽는가
육신은 삭아서 먼지가 되고 바람이 되어도
눈만은 남은 사랑,
캄캄한 미지를 향해 유성(流星)은
전부를 던진다.
필경은 눈만 남아
그 눈이 불을 켠 채 갑자기 떨어져 죽고
은하를 뒤흔드는 도도한 물결 소리……
누가 잠들 것인가
잠들어 땅속에 묻힐 것인가
찾지 마라 이 세상엔 아무 데도
유성의 무덤이 없다.

곡 최계락(哭崔啓洛)

누구나 한번은 가는 길이라 하지 말라.
갓 마흔밖에 안 된 나이엔
그렇게 함부로 가는 길이 아니다.
때마침 장마철 울먹이는 하늘
너를 기다리는 친구들의 모임
주인 잃은 서재의 덩그런 불빛까지
모두가 너를 원망한다.
하기야 우리는 코리언 타임
넉넉잡고 한 시간만 더 기다려 볼 걸
이젠 후회해도 소용없는
여름밤 개구리만 울어대고 있다.
흙에서 옥을 캐내지 않나
옥을 도리어 흙에 묻고 온
내가 분명 눈이 멀었지.
너를 데려간 명부(冥府)의 사자(使者)처럼
눈먼 사내.
캄캄하다, 도와다오 친구여
서울의 시인들이
부산 최계락의 소식을 물으면 어쩔 거나
그 한 마디라도 가르쳐다오

비

적막강산에 비 내린다

늙은 바람기

먼 산 변두리를 슬며시 돌아서

저문 창가에 머물 때

저버린 일상

으슥한 평면에

가늘고 차운 것이 비처럼 내린다

나직한 구름자리

타지 않는 일모(日暮)……

텅 빈 내 꿈의 뒤켠에

시든 잡초 적시며 비는 내린다

지금은 누구나

가진 것 하나하나 내놓아야 할 때

풍경은 정좌(正座)하고

산은 멀리 물러앉아 우는데

나를 에워싼 적막강산

그저 이렇게 저문다

살고 싶어라

사람 그리운 정에 못 이겨

차라리 사람 없는 곳에 살아서

청명(清明)과 불안
대기(待期)와 허무
천지에 자욱한 가랑비 내린다
아 이 적막강산에 살고 싶어라

노년환각(老年幻覺)

자라서 늙고 싶다
나는 한 그루 수목같이

먼 여정이 끝 간 곳에
그늘을 느린 나의 추억

또 어느덧 하루해가 저물어
그곳에 등의자(藤椅子)를 내놓고 쉴 때—

눈을 감고 있으면
청춘의 자취 위에 내리는 싸락눈
표백된 비극의 분말

— 그러나 나는
겨울날 단양한 양지쪽에
누워서 존다

육중한 대지에 묻힌
사랑과 미움

내 가고 난 다음 천 년쯤 후에
자라서 무성한 가지를 펴라

무엇인가 말한다는 것은

먼 미래의

그 풀밭에서 너는 운다.

어깨와 허리 또는 그 아래—

말하자면 엎드린 너의 자태를

나의 원근법으론 파악할 수 없다.

다만 너의 전신을 감싼

격정의 물결을 느낄 뿐이다.

느껴서 가슴이 뿌듯할 때

나의 안타까움은 고정된다.

그리하여 나를 차단한 지평선

오늘 일기(日氣)는 진종일 눈이고나.

무엇인가 말한다는 것은

참 부질없다.

사락사락 내리는 그 감촉을

망각의 풍차가

스렁스렁 돌아가는 그 음향을

느껴서 가슴이 뿌듯할 때

부질없고나 정말

내가 무엇인가 말한다는 것은.

시인은 말한다

허무의 창조

초기엔 누구나 한동안 서정의 강변을 거닐며 아득한 생각에 잠기게 마련이다. 물론 나도 그러한 한 시절을 겪었다. 그 강변의 산책길에서 바라보는 풍경은 감미로운 애수에 젖어 있었다. 그 애수의 부드러운 안개 속에는 두말할 것도 없이 나의 온갖 설익은 생각, 온갖 설익은 느낌들이 설익은 그대로 우유처럼 녹아 흘렀다. 그래서 그런지 그 무렵의 나는 그 안개 서린 풍경과 그 풍경을 빌어 표상된 이 세계를 스스럼없이 받아들일 수 있었다. 따라서 특별한 반성이나 회의 없이 시를 썼다.

그때는 그도 저도 몰랐고, 나중에 깨닫게 된 일이지만 세계와 나와의 이러한 융합은 바로 행복 그것을 뜻하는 상태였던 것이다.

10년쯤 그렇게 지나다 어느 날 문득 돌이켜보니 나의 가슴속엔 어느 새 한 마리 작은 요마(妖魔)가 들어앉아 있었다. 그리고 놈은 시시로 나를 충동질했다. 저 하늘, 저 들판, 저 강물— 그러니까 이 세계란 것은 너의 친구가 아니라 너의 적(敵)이다라고. 거듭되는 그의 참소는 딱따구리처럼 나의 가슴을 쪼아대서 이제는 도저히 메울 수 없는 커다란 구멍을 뚫어놓고 말았다. 그 구멍을 통해 바라본 세계는 아닌 게 아니라 젊은 날의 그 서정의 눈에 비친 그것과는 너무나 달랐다. 그것은 나를 전혀 거들떠보지 않는, 그리고 또 제가 필요하면 언제든지 나를 마구 짓밟아버리는, 그러면서도 어째서 그러는지 나로서는 그 의도조차 도무지 짐작할 수 없는 거대한 악의(惡意)의 덩어리였다. 또는 허무 그 자체였다.

이러한 인식은 나의 가슴속에 맹렬한 복수심을 불러일으켰다. 오냐, 눈에는 눈, 이빨에는 이빨이다. 그리하여 나는 비수를 갈듯 시를 썼다. 말은 비수라고 했지만 이 한 줄의 하찮은 시, 무력하기 짝이 없는 인간의 영위가 어찌 저 세계의 옆구리를 찌를 것인가. 나의 비수는 결국 나 자신을 찌를 수밖에 없는 것이었다. 그러나 그것은 뜻밖의 결과가 아니라 사전에 충분히 내다볼 수 있었던 그래서 또 스스로 그렇게 되기를 노렸던 나의 의도적인 자기암살(自己暗殺)이었다.

죽어버린 나는 허무로 돌아간다. 그 허무를 딛고 다시 죽어야 할 새로운 내가 태어난다. 하나의 허무를 처리해 버리고 새로운 허무를 창조하는 일로서 지금 시가 내 앞에 있다.

이형기

제5시집

보물섬의 지도

서문당, 1985

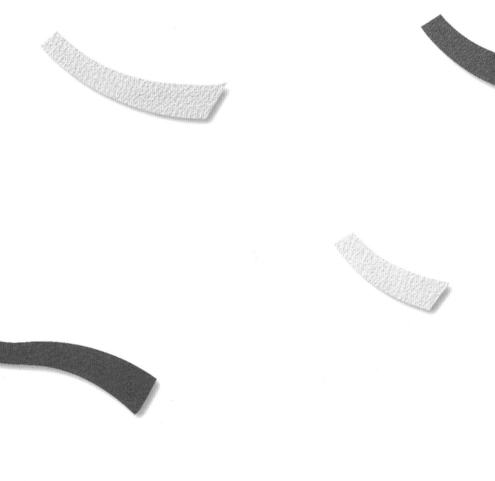

제1부

고압선

흉악범 하나가 쫓기고 있다
인가(人家)를 피해 산속으로 들어와선
혼자 등성이를 넘어가고 있다

그러나 겁에 질린 모습은 아니다
뉘우치는 모습은 더욱 아니다
성큼성큼 앞만 보고 가는 거구장신(巨軀長身)

가까이 오지 말라
더구나 내 몸에 손대지는 말아라
어기면 경고 없이 해치워 버리겠다
단숨에

그렇다 단숨에
쫓는 자가 모조리 숯검정이 되고 말
그것은 불이다
불꽃도 뜨거움도 없는

불꽃을 보기 전에
뜨거움을 느끼기 전에

만사가 깨끗이 끝나 버리는
삼상삼선식(三相三線式) 33만 볼트의 고압전류

흉악범은 차라리 황제처럼 오만하다
그의 그 거절의 의지는
멀리 하늘 저쪽으로 뻗쳐 있다

권주가(勸酒歌)

안심 놓고 마셔라
예나 이제나
술에는 방부제가 듬뿍 들어 있다

마시면 마실수록 그것은
창자 구석구석까지 스며들어
우리의 부패를 막아준다

취하는 것은 거죽일 뿐 속은
월포(月浦)에서 갓 잡은
도다리 회처럼 싱싱하다

아니 더러는 취하고 싶어도
천만의 말씀!
냉혹한 거절의 방부제 용액

해가 지면 우하고 달려드는
어둠을 향해 그것은
등불을 켜든다 상냥한 웃음으로

그 웃음 속에
뜻하잖게 드러나는 견고한 이질물(異質物)
오 견유학파의 이빨이여!

요즘도 술에는
그런 방부제가 듬뿍 들어 있다
자 한잔

수직의 언어

말은 옆으로만 퍼지는 게 아니다
때로는 이웃을 거부하고
혼자 위로만 솟구쳐 오르는 몸부림
수직의 언어여.

황사 뿌옇게 하늘을 가린
지난봄 어느 날
교외의 보리밭가에서 종다리 한 마리가
내게 그것을 가르쳐 주었다.

수직의 언어는 귀로 듣지 못한다
그날 내 시계(視界)의 저쪽에서
마침내 불꽃으로 타버린 종다리
다만 마음 하나로 우리는
그 뜨거움을 확인할 뿐이다.

그러나 어느새 봄이 가고
이 세상 종다리 씨 말라 버렸을 때
문득 처다본 밤하늘
거기서 우리는 다시 만난다

은하처럼 증식한 수직의 언어들을…….

비행접시

그믐밤이다
어둠을 뚫고 허공을 질러가는
날카로운 반짝임
일편(一片)의 공포

누군가 단검을 던진 게 분명하다
잠든 자를 깨우기 위해서가 아니라
잠든 자 몰래
잠들지 못한 자만이 더욱
잠들지 못하고 가슴 죄라 던진
악의의 단검

오한(惡寒)이여
하늘에 온통 소름 끼쳐 돋아난 좁쌀
창백한 별들의 오한이여

눈여겨보면
어둠 속에 정체불명의 그림자
혼자 회심의 웃음을 띤다
싸늘한 눈빛

단검을 던져놓고 향방을 확인하는

또 하나의 단검이 거기 있다

외톨 바다

바다를 말린다.
햇볕으로 슬슬
바람으로 슬슬
그리하여 드러나 개펄을 또한
세월아 네월아
슬슬 말린다.

이제는 하느님도 회수할 수 없는
하느님이 뿌린 공포의 표백제
무색투명한 시간의 분말이
바다를 그 연골까지 속속들이
흡수해 버린다.

어느 날 사람들은
그 빈터를 사막이라 불렀다.
모래 한 알마다에
말라 버린 바다의 최종단위
운모질(雲母質) 반짝임이 숨어 있는 줄도 모르고

그것은 입경(粒徑) 0.5밀리의 알갱이

외톨 바다
외톨이 무수한 외톨 불러 모아
서로 등을 돌리고 있는 바다
갇힌 바다

그래도 바다에는 잔물결 인다.
아니 잔물결 덮치는 파도
사구의 대이동
아니 파도를 뒤집는 소용돌이
타클라마칸의 모래 소용돌이
외톨 바다의 폭발!

백일홍

지리산 산허리가 무너져 내린
그해 여름
녹음은 칭기즈칸의 군대처럼
마을을 덮쳤다.

대낮에도 하늘을 가린 그들의 위압에
돌담은 주저앉고
지붕은 납작하게 엎드린 오후 세 시
팔월은 우중충한 웅덩이처럼
숨을 죽였다.

그리하여 여름은 두엄으로 썩고
썩은 여름의 진액을 빨아들인
땅은 취했다.
더운 입김을 내뿜었다.

그러자 갑자기 나무 한 그루
온몸을 폭탄처럼 터뜨리며
꽃을 피웠다.
백일홍이었다.

사해

바다 밑 400미터의 깊이 속에
또 하나의 바다가 출렁대고 있다.

아랍과 이스라엘
대대로 총부리를 맞댄 그들이
서로의 미움을 살려 가기 위해서도
그것만은 함께 나누는 물줄기
요단강이 흘러흘러
이제는 하구의 삼각주에서 한숨 돌리는가
했더니 갑자기 길이 막힌다.

앞은 절벽이 아니라 물
소용돌이가 아니라 물이다.
심상한 표정으로 물을 맞아들여
말없이 물을 끝장내는 물
고달프게 사막을 사행(蛇行)한
전장(全長) 300킬로 구비구비 사연들이
허옇게 거품을 뿜어내는 물

그 거품들 거품끼리 엉긴다.

그러나 다시 보면
여기저기 허옇게 뜬 소금덩이들
거품이 어느새 소금덩이 되어
물을 먹고 물을 토한다.
그리하여 둘이 소금절임 된 그 속에
요단강이 송두리째 무덤처럼 잠긴다.

깊이는 바다 밑 400미터
살아 있는 것은 멸치 한 마리 용납하지 않는
진하게 앙금 진 또 하나의 바다가
바로 거기서 출렁대고 있다.

해일경보

바다는 음모를 꾸미고 있다
사람들이 모두 돌아서 버린 늦가을
텅 빈 일모(日暮)
일모의 그때까지 숨을 죽인 채

그러나 음모의 효모균은 퍼지고
퍼져서는 서서히 부풀어 올라
육중하게 몸을 뒤트는 바다
자정이 넘어서도 잠들지 못한다

— 언젠가는 덮치리라
일거에 요절을 내고야 말리라
그리하여 지구를
다만 하나의 암벽으로 남겨
고립시키리라

그것은 선캄브리아대의
밤바다의 폭풍우 속에 싹튼 꿈
부유하는 코아세르베이트의 무리가
저마다 하나씩의 눈이 되어 교환한

은밀한 약속의 방전

40억 년 전의 그 전류에
귀를 앓는 사내가 밤을 새운다
잠자리 날개처럼 떨고 있는 고막의
단속적인 경련
해일경보의 전광판이 명멸하고 있다.

편자

좋은 칼을 만들자면 좋은 강철을 구해야 한다. 좋은 강철이란 오랫동안 음습한 골방에 갇혀 빛을 보지 못한 강철이다. 일생일대의 명도를 만들려는 도공은 그래서 강철을 일부러 땅에 묻고 세월을 보낸다. 이 거짓말 같은 참말은 돈키호테의 나라 에스파니아의 총포제작자들에 의해 실증되고 있다. 거기서는 편자를 가리키는 herraduras라는 말이 한편으론 성능 좋은 기병총의 총신을 뜻하기도 한다. 편자, 곧 총신인 것이다. 쉬르레알리슴의 은유처럼 당돌한 이 이질적인 양자의 결합에는 그러나 실제적인 이유가 있다. 즉 에스파니아에서는 노새의 낡아빠진, 그러기에 버림받아 벌겋게 녹이 슨 편자를 모아 질 좋은 소총의 그 총신을 만들기 때문이다. 녹슨 쇠는 병든 쇠, 그 병을 가령 건성괴저(乾性壞疽)라 한다면 녹은 까실까실 마른 채 허물어져 가는 세포조직이 아닐 수 없다. 그런데도 이 병든 쇠가 병들지 아니한 정상적인 쇠보다 인성(靭性)이 강해서 편자, 곧 총신이 되는 이 엄연한 현실! 번쩍이는 칼날의 냉혹한 전율은 녹슬고 부스러져 파멸하는 강철의 실은 깊이 감추어진 본성이다.

호안석(虎眼石)

눈물 한 방울

그 투명한 폭탄을 던진다

목마른 거리에―

그러려고 했지만 아깝구나

가슴에 묻어 둔다

어제 꺼내 보니 마른 찌꺼기

눈곱 한 점

오늘 밤은 그것이

어둠 속에 숨어 나를 노려보는

외눈박이 호랑이 한 마리 몰고 왔다

달빛을 빨아들여 검은자위에 새긴

그 외짝 눈!

징깽맨이의 편지

여보게 친구
쇠붙이에도 혼령이 있다네
더구나 방짜쇠 구리와 주석을
대충 4대1로 섞어 녹인 그 방짜쇠에는

지리산의 물돌
물돌로 만든 틀에
방짜쇠 그 쇳물을 부어 굳힌 바디기에는

바디기를 다시 불에 달궈
앞메 전메 센메
세 메꾼이 메질하는 늘품질
그리고는 바디기 가장자리를 두들겨 세워
시울을 만드는 돋움질

다음은 부질일세 징 모양을 잡아 주는
그러나 아직은 징이 아니야
혼령이 잠든 한밤중의 백치(白痴)

눈 떠라 혼령아 징의 혼령아

중망치로 두드려 흔들어 깨우면
우웅 웅얼웅얼 무딘 울음소리

여보게 친구
혼령은 울음일세

하지만 첫 번 울음 풋울음은 설다네
익지 않았어
울음도 익어야만 제 맛이 나서
남을 울리거든

뜸들이듯 두세 밤 더 재우지
그동안엔 징바닥의
익어라 익은 만큼 드러나는 나이테
상사를 새긴다네

날이 새면 드디어 재울음을 깨울 차례
그렇지 깨우지 잠자는 울음
잠자는 혼령을

망치여 망치여
온몸에 전기가 통해 쩌릿쩌릿
손끝 떨리는 중망치여

어쩌면 내 가슴속 울음을 몽땅
징한테 먹여주는 것인지도 모르지만
어쨌거나 친구
울음 말곤 혼령이 또 어디 있겠나

* 징장(匠)은 스스로를 징깽맨이라 일컫는다. 물론 자조적 호칭이다. 그 징깽맨이의 작업의
핵심은 징의 울음을 깨우는 일이다.

꽃

땅에는 온갖 주검이 묻힌다
묻혀선 썩고
썩어선 깊이 속에 감췄던
마지막 비밀
추깃물마저도 토해내고 만다
이윽고 그것을 술로 빚어내는
신(神)의 양조술

누구도 소재를 알 턱이 없는
그 술독을 향해 어느 날
기척 없이 빈틈없이 전면적으로
육박해 오는 군단이 있다

최전선에는
저마다 날카롭게 빨대를 세운
모근(毛根)의 첨병들……
침략의 원격조종자는 누구냐?

지구 어느 곳에선가는 그날 밤
감쪽같은 무혈 쿠데타의 성공으로

무명의 새 강자가 탄생한다
보라 그러기에
느닷없이 아침을 압도하는 꽃 한 송이
신(神)의 술독을 혼자 다 비운
저 탐욕스런 홍소(哄笑)의 군림을!

전라(全裸)의 눈

초저녁엔 아오자이
희뜩퍼뜩
그녀는 우아하게 창가를 거닌다.

그렇다, 희뜩퍼뜩 초저녁 눈발
샴페인 글라스에 어리는
향수(香水)처럼 그윽한 에로티시즘

적당한 취기 속에 파티는 끝나고
모두가 돌아가 텅 빈 홀
텅 빈 가슴

오 채워다오.
아니 차라리 짓밟아다오
한밤의 눈보라
얼굴 없는 폭력이여.

아니나 다를까 새벽 적설(積雪)
허옇게 속살을 드러낸 채 곯아떨어진
그녀의 이 전라(全裸)의 파렴치!

얼핏 보면 간밤의 사건은
눈 속에 완벽하게 은폐된 것 같지만
실은 스스로 모두를 자백하는
그녀 자신이 여기 누워 있다.

무희

당신의 육체는 증발해 버렸다
그리고 다소곳이 고개를 숙인
꽃 한 송이

그러나 당신이 두 팔을 활짝
위로 펼치면서 일어설 때
꽃은 갑자기 분수로 바뀐다
무지개처럼

그 물보라에 어리는 바다
어느새 당신은 바다가 되어 넘실거린다
바다 위를 달리는 한 무리 백마
갈기를 세운 당신의 파도

태풍이 몰아친다
그러나 어떤 격동 속에서도
한잔 가득 따르어진 술은 넘치지 않는다
태풍 속의 정적이여!

다시 보면 당신은 불꽃이다

사랑이 더 큰 사랑으로 타오르는
고뇌가 더 큰 고뇌로 타오르는
당신의 그 완전연소

그러므로 당신은 보이지 않는다
다만 눈을 감고 느끼는
바람의 탑
바람의 궁전
바람의 축제!

해와 달과 별들이
당신 없는 거기서 춤추고 있다
이 세상 첫날 새벽의 바람의 음악
음악이 육체 되어 춤추고 있다

제2부

보물섬의 지도

손바닥을 펴놓고 내일을 점친다.
몇 가닥의 길은 고집스레 따로 뻗고
또 몇 가닥은
서로 마주쳐 종잡을 수 없는
보물섬의 지도가 그려진 손바닥.
무성한 잡초 속에 흔적만 남은
오솔길처럼
잔손금은 잔손금 나름으로 어지럽다.
그러나 아무리 얽히고설켜도
모든 길은 한곳으로 통한다.
로마가 아니라 로마의 폐허
손바닥을 벗어나는 낭떠러지 저쪽으로.
거기서 나를 기다리고 있는 확실한 참사(慘事)
추락의 일진풍(一陣風)
그때의 바람 한 줌 움켜쥔 주먹으로
누군가 힘껏 책상을 내리친다.

암 찾아야지 보물섬의 보물
길이 모두 그곳으로 통하는 낭떠러지
그 너머의 보물섬

해적들이 그린 해골 표지의

보물 동굴이나 찾아야지 제기랄!

독시법(讀詩法)

시를 읽으면서 하품을 한다.

내가 쓴 시

물론 네가 써도 상관이 없는 시

쓰고 나서 속으로 쾌재를 부른 시

누구나 첫눈에 이건 진짜

참 참기름

백 프로 보증의 딱지가 붙은 시

그러므로 그것은 사람이 개를 문 기삿거리 사건이 아니다.

그 사건의

정치적 경제적 사회적 또는 달밤의 체조적 의미를 규명하는

스피노자의 안경알

둥근 세모꼴이 아니다.

그러므로 그것은 다만 시

케이에스 마크의 진짜 시

협잡은 절대로 용납하지 않는 잡인금접(雜人禁接)의 쇠창살 안에

동물원의 원숭이처럼 갇혀 있는 시

그러므로 그것은 진짜답게 황홀한 재주를 부린다.

오 터지는 박수갈채여!

잘못은 매일 동물원밖에는 갈 데가 없는

너와 내가 그 속에 끼어 있는 일이다.

그리하여 마비된 수치감으로
부푼 감동의 풍선에 슬쩍 바늘을 찔러
바람을 빼는 하품
간악한 배신의 하품을 하면서 시를 읽는다.
내가 쓴 시
물론 네가 써도 아무 상관없는 시.

바람 한 줌

꽉 쥔다.
기대에 부푼 가슴 누르고
조심스레 펴 보는 빈 손바닥
바람 한 줌.

왜 아무것도 없다고 하는가
나의 왕국은
빈 손바닥 그 위에
사막처럼 광대하게 펼쳐져 있다.

상주민은 없다.
우주를 향해 사방으로 길이 틔어
누구나 바람처럼 오가는 나라
그래서 더욱 은성하는 그 나라

모든 생산은 꿈이 맡고 있다.
이를테면 꿈이
씨줄 되고 날줄 되어 짜내는 환상의 직물
벌거벗은 임금님의 보이지 않는 옷감!

침략에 대비하는 막강한 군대여
안데르센의 성냥팔이 소녀가
밤 내 켜고 버린 성냥개비들
스스로 모여들어 조직한 군대여

왜 아무것도 없다고 하는가
쥐었다 펴면 빈 그 자리
나라 하나를 덮는 손바닥
바람의 조화를!

그해 겨울의 눈

그해 겨울의 눈은
언제나 한밤중 바다에 내렸다.

희부옇게 한밤중 어둠을 밝히듯
죽은 여름의 반딧벌레들이 일제히
싸늘한 불빛으로 어지럽게 흩날렸다.

눈송이는 바다에 녹지 않았다.
녹기 전에 또 다른 송이가 떨어졌다.
사라짐과 나타남
나타남과 사라짐이 함께 돌아가는
무성영화 시대의 환상의 필름

덧없는 목숨을
혼신의 힘으로 확인하는 드라마
클라이맥스밖에 없는 화면들이
관객 없는 스크린을 가득 채웠다.

언제나 한밤중 바다에 내린
그해 겨울의 눈

그것은 꽃보다도 화려한 낭비였다.

옹기전

　─ 요즘 같은 물가고에 당신의 박봉만 바라곤 살 수가 없어요. 아내가
또 장사라도 해보겠다는 말을 꺼내기에 무슨 장사, 하고 물었더니 옹기장
사라는 대답이 나왔다. 플라스틱 시대에 하필이면 옹기장사라니, 그러나
나는 무릎을 쳤다. 옳거니, 아내여 현명하도다. 큰 독 위에 작은 독, 작은
독 위에 새끼 독이 한 마당 가득 층층이 쌓인 옹기전이란 그 쌓임새 자체가
이미 궁전처럼 장엄하지 않느냐. 궁전에 으레 충성스런 군사들과 아리따
운 궁녀들이 있기 마련인즉, 아내여 우리는 불가불 그들을 다스리는 왕과
왕비일 수밖에 없구나. 참으로 참으로 신나는 일이로다. 그러나 아내여, 제
왕은 무소불능(無所不能)이니 오직 다스림 그 한 가지 일에만 얽매일 순
없는도다. 제왕의 제왕다움은 오히려 마음 내킬 때 스스로 기꺼이 그 왕국
을 날려 버릴 수 있는 자유, 고금(古今)의 열국(列國) 열왕(列王)들이야 호
구(糊口)에 급급한 땔나무꾼처럼 선정(善政) 선치(善治)에만 급급했건 말
건 막소주 한 잔으로 왕국조차도 걷어찰 수 있는 그 활달한 자유에 있느니
라. 그러므로 아내여 그대 옹기전을 차려서 큰 독 위에 작은 독, 작은 독 위
에 새끼 독을 쌓아 이룩한 우리의 그 환상의 왕국, 왕국의 궁전은 내가 마
음먹기만 하면 산책길에 무심코 돌뿌리 차듯 그렇게 가벼운 발놀림 한 번
으로 와장창 간단히 박살나리니, 지아비로 하여금 제왕의 그 진짜 자유를
누리게 하려는 아내여, 그대 현명한 충정을 내 어여삐 여기노라.

월광곡(月光曲)

달나라엔 오늘 밤 눈이 내린다
달빛마저 차고 미세한 가루 되어
마구 지천으로 쏟아지고 있다

잠이 없는 지구의 여자 하나
어쩔 수 없이 화분병을 앓는다
싸느랗게 식은 몸으로
파충류처럼 감겨드는 그녀의 숨결

아무리 속을 헤쳐 보아도
밤은 속속들이 백치(白痴)처럼 희다
필경 하얗게 새울밖에 없는
도노(徒勞)의 연금술······.

달빛 서 말과
비키니의 거북알 한 꾸러미
그리고 몇 방울 쓸개진을 양념 쳐
솔 한 갑을 불 지핀다

날이 새면 아무 쓸모가 없는

nux vomica 1온스

새벽녘에 얻으리라

비

비가 온다.
하늘의 어두운 광 속에 갇혀 살던
눈먼 거미들이
햇빛 가려진 그 틈에 밖으로 기어 나와
가늘게 꼬아 늘인 반투명의 창자
거미줄을 풀어낸다.

— 구조신호?
— 허사인 줄 모르리!
— 그럼 한이라도 풀어 보려고?
— 졸업한 지 오래야!

일제히 풀리는 거미줄이 서로 얽혀
그물을 짜내고
그물 위에 다시 그물이 씌워져
풍경을 얽어맨다.
서서히, 마침내는 꼼짝달싹 못하게 조여드는
지구대(地球大)의 고치여!

— 아무 말도 말고 다 가져가거라.

오늘의 내 몫은 우수(憂愁) 한 짐
나머지는 모두 너희들 차지다.

다시 사해

그 바다는 마르고 싶어 한다.
물기를 모조리 날리고 싶어 한다.
그래서 해마다 20센티씩
수량(水量)이 줄고 있는 그 바다의 자의(自意)의 증발
요단강의 민물이 주야로 흘러들어
달래 보지만 소용이 없다.
그것은 그 바다 가장 깊은 곳에 숨어 사는
한 마리 괴물의 소행이다.
그 바다가 완전히 마르는 그날이
지구 최후의 날임을 놈은 잘 알고 있다.
그날 말라 버린 지구의 유적 위에
거대한 소금기둥 하나를 세우려고
놈은 그런다.
그래서 도대체 어쩌자는 것인지
도무지 알 수 없는 터무니없는 꿈
터무니없으니까 그것은 진짜다.
진짜 꿈이다.

절두산(切頭山)

비두만(飛頭蠻)이란 종족이 있다.

산해경에 의하면 이들은 안남(安南) 오지에 사는 오랑캐라 한다.

밤에 잠잘 때 머리가 혼자 동체를 떠나서 문자 그대로 이곳저곳 자유롭게 날아다니다가 새벽녘엔 다시 되돌아와서 제자리에 붙는 기이한 생리를 이들은 가졌다.

그것은 숙면 중의 일이기 때문에 당자는 그 사실을 전혀 모른다는 것이 또한 재미있다.

얼른 말이 나와 기이하다 했지만 실상 이것은 비두만의 정상이다.

기이한 것은 오히려 잠의 늪 속에 깊이 빠져서도 구태의연하게 머리가 그대로 동체에 붙어 있는 쪽이 아닐까.

머리만이 아니라 온몸이 둥둥 예사로 하늘을 날기도 하는 것이 우리의 잠이다.

고대 희랍에선 토르소라 불리는, 목이 뎅겅 날아가고 팔다리마저 잘린 미인들이 백주 대로를 활보하지 않았던가.

또 한국의 서울 마포, 한강 기슭에 자리 잡은 절두산은 근세에 와서도 산 사람의 머리가 비두만의 그것처럼 하늘을 날아다닌 실례를 보여 준다.

요즘은 이름만 산이지 실은 평지의 공원이 되어 버린 그 절두산에 관광객이 모여들어 날으는 머리의 환상만이라도 붙잡아 보려는 듯 여기저기 카메라의 셔터를 눌러댄다.

만일 비두만을 황당무계한 허상(虛像)이라 한다면 잠잘 때 제군(諸君)

은 그 잠을 깨지 말고 제군 자신의 머리를 만져보라.

비두만의 실재(實在) 여부는 그러고 난 뒤에 가려볼 일이다.

맥타령

맥은 뛴다

뛰거나 말거나

맥(貘)은 꿈을 먹거나 말거나

위에서 아래로

아래서 위로

맥힌 구멍 뚫습니다

하필이면 그 자리

좋지 그 자리에

맥맥히 흐르는 인맥(人脈) 금맥(金脈) 혈맥(血脈)

그리고 동맥경화증 코끼리를

진맥하는 엽맥(葉脈)처럼 가녀린 손

늙은 산맥이

그 손등을 사뿐히 타고 앉아

맥노(麦奴)들 날뛰는 맥추(麦秋)들 바라볼 때

코가 맥맥한 어느 숙맥

레스토랑 맥심의 식칼을 휘두른다

옳거니

얽히고설킨 난맥상(亂脈相)을 드디어

일도양단(一刀兩斷)!

그러거나 말거나
로버트 리플리 씨 「믿거나 말거나」
맥 빠진 사내 홀로
칼로 물베기 놀이 하는 맥타령!

머리감기

머리를 감는다
방치한 게으름의 봉두난발
그 밑바닥에 켜켜이 눌어붙은
비듬을 긁어낸다

거품이 이는 더운 비눗물
거울 안에서는
빠꼼하게 두 눈만 내놓은
하얀 가면의 사내가 물끄러미
나를 보고 있다

마주 바라보면 서로가 거북하다
적의를 갖자니 광채가 없고
동정을 하자니
이건 틀림없이 화를 내고 말 눈
다행히도 욕실의 수증기가 그때
시야를 가려준다

그러나 머리를 감고 나서 깨닫는
그 사내의 눈길의 의미

하늘의 비듬 같은 우주낙진이 뿌옇게
감은 머리를 뒤덮고 있다.

부재

그는 없다.
온 천지 다 찾아도
천지 저 혼자 덩그렇게 있을 뿐
그는 없다.

석양을 등지고 돌아오는 수색대
처진 어깨
기울어진 능선
그 너머 골짜기

아 저기 한 줄기 연기
다비의 그것인가.
또는 그가 좀 전까지 피운
모닥불의 그것인가.

오해하지 말아라
그는 아예 온 일이 없다.

온 일이 없으니 갈 일도 없는
불 안 땐 굴뚝의 연기

소문의 사나이.

어떤 레이더에도 걸리지 않는
소문의 유에프오가 그날 밤
유성처럼 하늘을 가로질렀다.

제3부

석류

이 가을
석류가 익는다
익어서 반쯤 벌어져 있다

실은 지난봄
어느 시인의 대뇌 좌우반구
그 뇌막에 퍼지기 시작한 작은 물집들
물집 모양의 종양들이 하나 가득 알알이 익어서
석류처럼 절로 벌어진 이 가을

사람들아
와서 그 속을 들여다보아라
정원의 석류나무 그늘에 흔들의자를 내놓고
흔들흔들 바람을 타고 가는 시인의
반쯤 열린 의식의 병소(病巢)
아니 그 꿈의 밀실을

가을이 없는 킴벌리광산의
깊이 감추어진 가을의 속살
눈부신 노다지가 거기 있다

그리고 또 늙은 창녀의
한평생이 담긴 보석 상자가······.

밤이면 밤마다
머리를 쥐어뜯곤 하던
지난봄부터의 가려움의 발작이
이제는 갈 데까지 가서 도리어
석류처럼 알이 찬 이 결정(結晶)

그러기에 시인은
봄이 아니라 가을에 미친다
맑은 정신으로

가슴

1

나의 가슴은 동굴처럼 비어 있다
흉벽이란 이름뿐
메마른 판자 한 장으로
겨우 뚜껑을 해 덮었을 뿐이다

그래도 낮 시간엔
넥타이를 맨 신사복 차림의 그 속을
감히 헤쳐 볼 사람이 없다
그리고 이것저것 풀어놓은 한밤중엔
사람들은 모두 잠들어 버린다
불가불 나 혼자
겁먹은 눈으로 들여다보는
심야의 공포―

분명 거기 있어야 할 것들이 없다
꿈도 추억도
심지어는 심장마저도 모조리 삼켜 버린
악어처럼 크게 입 벌린 어둠

어둠 한 마리밖에는
온몸에 오싹 소름 끼치는 찬바람이
지구 저쪽에서 불어오고 있다.

2

친구여 내게는 가슴이 없다
있는 것은 다만 허구의 장치
마테호른의 눈사태처럼 무너져 내리는
벼랑일 뿐이다

그것은 틀림없이 조난을 약속한다
그 조난자의 최후의 비명이
고성능 마이크를 타고 퍼지는
그러나 누구도 듣지 못하는
절망의 메아리를 약속한다

그러므로 친구여 나의 가슴은
벼랑이 아니라 벼랑을 삼킨 함정
마침내는 지구까지

송두리째 둘러꺼지기를 기다리는
음흉한 꿈이다

그 꿈이
밤 내 휘두는 곡괭이
터뜨리는 다이너마이트
(더러는 압사!)

그러나 밤을 새운 이튿날 보면
벼랑도 함정도 이미 없다
남은 것은 다만
온통 파헤쳐진 쑥대밭 가슴
가슴 있던 자리의 폐허일 뿐이다.

밤바다

날개 상한 갈매기들이
몸부림치고 있다 솟구쳐 오르려고
그러나 이내 주저앉아 버리는
밤바다
파도의 좌절

깨어 보면 베개엔
끈끈하게 소금기가 배어 있다
멀쩡한 사지가
상한 날개보다도 무력한 나날의
뒤척이는 선잠

어디선가 개 한 마리 짖고 있다
방파제 너머 재빨리
몸을 숨기는 검은 그림자
침묵은 왜 방파제처럼 완강한가
정체불명인가

갈매기와 파도는 어느새
질식해 버렸다 어둠 속에서

그러한 나의 밤바다 저쪽에
좌초한 폐선 한 척
괴물처럼 떠 있다.

소리고(考)

누군가?

발자욱 소리

어둠 저쪽에서 복도를 울린다

귀를 기울이면

소리보다 먼저 일어서는 신경(神經)의 직모(織毛)

그것은 다시

쟈크의 콩나무처럼 자라서 숲을 이룬다

숲

그렇다 안테나의 숲

그러나 내게는 해독할 난수표가 없는

암호의 무전통신만

박쥐처럼 날아드는 숲

집이 어느새 그 속으로 옮겨가

거미줄을 쓰고 있다

창은 없고

어디론가 길게 이어진 복도만 있는 집

그 복도가 삐걱대고 있다

누군가?

누구긴!

누군가 오려니 하고 복도를 깐

마음이 녹슨 양 삐걱대고 있다.

시계(時計)

그 쇠붙이 가공물은 죽어 있다
뚜껑 속에 갇힌 채
차겁게 조그맣게

망각을 베고 누운 병사의 시체
그 팔뚝에서 그것은 살아난다
도둑처럼 혼자 몰래

귀를 기울이면
재깍재깍 정확한 숨소리
아니 저벅저벅 곁눈질이 없는
일정한 보조의 군화 소리

살아난 그것은 행진해 간다
보무당당하게 앞으로 앞으로
이 세상 끝까지
그 너머 저쪽까지

등

나는 알고 있다
네가 거기
바로 거기 있는 것을 분명히 알고 있다

그러나 아무리 팔을 뻗어도
내 손은 네게 닿지 않는다
무슨 대단한 보물인가 어디
겨우 두세 번 긁어대면 그만인
가려움의 벌레 한 마리
꼬물대는 그것조차
어쩌지 못하는 아득한 거리여

그래도 사람들은
너와 내가 한 몸이라 하는구나
그래그래 한 몸
앞뒤가 어울려 짝이 된 한 몸

뒤돌아보면
이미 나의 등 뒤에 숨어 버린 나
대면할 길 없는 타자가

한 몸이 되어 함께 살고 있다
이승과 저승처럼

헛된 농사

나의 밀알은 썩지 않는다
썩지 않으므로
싹틀 것도 거둘 것도 없는 밀알 한 톨
땅에 묻는다
헛된 농사여

그러나 다시 보면
밀알이 아니라 미량의 미란소(糜爛素) 결정(結晶)
남의 살은 헐지만
제 스스로는 헐지 못하는
그래서 이 세상 끝난 다음에도
그냥 한 톨로 남아 있는 외톨

그 외톨 불륜의 씨앗을
하필이면 석녀(石女)의 자궁 속에 감추는
나의 농사는 무익한 은닉이다
단념하라
누구든 거기 물 줄 생각은 깨끗이!

거미

― 어느 날의 자화상

너는 밤 내 잠을 자지 않는다

별빛 한 올인들 놓칠까 보냐

음흉하게 불을 끄고 숨을 죽인 채

그물을 치고 있는

너의 전미주신경(全迷走神經)의 철야잠복

기다리는 것은 먹이가 아니다

살의(殺意)의 촉발이다

그러나 아아 이 무슨 불상사!

이튿날 백일하에 드러난 실상은

겨우 고가(古家)의 처마 끝에 포박한 파리 한 마리

그나마도 속 빈 껍질뿐이구나

무명의 사자(死者)에게

너에게는 얼굴이 없다
그러나 한밤중
불면의 창 너머로
너는 문득 달빛처럼 틈입한다

사람들은 네가 잠들었다 하지만
어떠한 사상도
너를 잠재우는 자장가가 될 수 없다
잠든 자를 도리어 흔들어 깨우는
너는 예고 없는 불청객이다.

그때 얼굴 없는 네 얼굴을 바라보면
그것은 하나의 커다란 눈
눈밖에 없는 것이 되어 무표정하게 웃는다
그 웃음 속에 깃든 달빛
달빛처럼 싸늘한 공포

걱정 말아라
내게는 공포에 대한 그리움이 있다
스페이드의 불길한 왕자처럼

파멸로 내닫는

아직은 건강한 각력(脚力)이 있다

이미 죽었으므로

다시는 죽을 리 없는 너

온갖 도시와 사원과

사원 앞에 늘어선

눈곱 낀 한 푼 줍쇼가 모두 너의 것이다

그러나 네 소유의 알짜는

한 줌의 재

한 줌 바람

도둑이 마취제를 뿌리듯 오늘 밤

내 침실에 그것을 뿌려라

절망아 너는 요새

절망아 너는 요새 어디 가 있나
어느 날의 대형사고 같은 절망
집념의 사나이 에이허브 선장을
바닷속에 메꽂는 흰고래의 모습으로
나를 압도해 오는 절망
전율의 번개가 뇌수를 꿰뚫고
지구 저쪽으로 내닫는 절망
그래서 정신 나간 내가 또한
피를 보자 피를 보자
바위에 이마를 찧어대면서
그 피흐름에 아편처럼 취하는 절망아
너는 요새 어디 가 있나

너 없는 이 세상 살기 참 편하다
아침 먹고 점심 점심 먹고 저녁
그리고 사이사이 커피 한 잔
소화 잘되는 몇 모금 인스턴트 암흑으로
입가심을 한다
그러한 나의 안락한 창밖에는
아무리 뜯어봐도 희멀건 하늘이 희멀겋게

완강한 무표정을 고수하고 있다
아무 때고 예고 없이
꽝하고 터지는 위험한 폭발물 절망아
너는 어디 가고
내 살기가 요새는 이리도 편하냐

황혼

누군가 목에 칼을 맞고 쓰려져 있다
홍건하게 흘러 번진 피
그 자리에 바다만큼 침묵이 고여 있다
지구 하나 그 속으로
꽃송이처럼 떨어져 간다
그래도 아무 소리가 없는
오늘의 종말
실은 전 세계의 벙어리들이 일제히
무엇인가를 외쳐대고 있다
소리로 가공되기 이전의
원유(原油) 같은 목청으로

뱀

너는 소리 없이 미끄러져 나간다
번들번들 윤이 나는
긴 몸뚱이의 S자 만곡 교태를 부리면서

그러나 그것은 유혹이 아니다
차라리 현기증
삼복더위 한복판에서
등줄기를 타고 내리는 차가운 섬광

그때 너는 잠시 멈춰 서서
가늘게 갈래진 혓바닥을 날름댄다
불꽃처럼
또는 불꽃 속에 숨어든 얼음의 혼령처럼

한꺼번에 쏟아져 나오는
너의 그 두 가지 말은 부르고 있구나
마침내 너의 작은 두개골을 짓찧고 말 돌덩이
아니 겁에 질린 인간들의 잔인한 발작을

하지만 너는 언제나 살아 있다

죄지은 자의 가슴속에만 가득 차 있는 슬픔
슬픔이 키워낸 환상의 꽃그늘 아래

제4부

자연연구

1. 봄

때는 바야흐로 봄입니다
가슴속 응혈이 풀려 날뛰는 계절
봄입니다 봄

아무도 없습니다
있을 턱이 없습니다
이 세상은 끝장이 나고
다만 잿더미만 남은 허허벌판

그 벌판에 봄비가 내립니다
내리지만 아무 데도
싹틀 씨앗이라곤 없는 봄비
(그렇거나 말거나)

비가 그치고 햇살이 퍼집니다
돋아날 풀잎 피어날 꽃 한 송이 없이
마구 쏟아지는 이 엄청난 낭비
하느님 혼자 벌이는 잔치

신납니다 정말
무슨 짓을 하든 누가 뭐래
멋대로 맛대로
식어 버린 지구를

우리가 모두 가고 난 뒤에도
우리가 오기 전의 그때처럼
봄이 저 혼자 미칩니다.

2. 여름

하늘나라의 하수구는
1년에 한 번씩 열린다.
하계(下界)는 물론 날벼락이다.
그 엄청난 분량의 토사물이
거리를 휩쓸고
계곡을 덮고
다시 꾸역꾸역 바다에 넘친다.
푸, 푸, 퉤, 퉤

허우적거리면 허우적거릴수록 숨이 막히는

보라 이 무지몽매한 계절의

범람하는 scatology!

마침내는 그 속에

지구가 한 야구공처럼 파묻혀 버린다.

속수무책

그리고 탈진의 정적일순(靜寂一瞬)

하늘나라의 주민들은

이제야말로 속이 후련하다.

3. 가을

을가(乙架)라는 동물은 색깔을 먹고 산다. 쇠를 먹는 불가사리, 불을 먹는 해태가 있으니 구태여 기이하다 할 것이 없는 이 을가는 온몸에 흡반처럼 붙은 보이지 않는 입으로 서서히, 그리고 철저하게 색깔이란 색깔은 모조리 빨아먹고 만다. 빨려 가는 순서는 물론 묽은 색부터라 완전히 빨려 사멸하기 전까지는 엿기름을 골 때 조청이 생기듯 남은 색은 그 농도가 차츰 진해질 수밖에 없다. 많이 빨린 것은 많이 빨린 그만큼 원한이 서린 짙은 색깔이 된다. 그래서 가령 저기 있는 저 뱀만 하더라도 지금 벌겋게 약이 올라 있는 것은 그 몸의 색깔이 어지간히 빨아 먹혔다는 증거다. 어디 뱀뿐인가. 뱀이라면 또 빼놓을 수 없는 능금 한 알도, 능금을 깨무는 여자의 입술도, 그리고 숲속의 나뭇잎들도 보다시피 그러하다. 을가 때문에 빈사지경(瀕死之境)이 된 색깔들의 이 독(毒)을 뿜는 안간힘! 문득 고개를 옆으로 돌리면 어느새 가을이 또 빠짝 내 곁에 붙어 서 있다. 겉보기는 부드럽지만 속은 냉혹하기 짝이 없는 음흉한 가을이.

4. 겨울

길은 막혔도다.
이제 너희는 독 안에 든 쥐
겁먹은 눈알 아무리 굴린들
무엇이 보이리오.

어제까지 사흘째
눈보라 몰고 온 눈먼 강풍이
이제는 짐 벗고 힘껏
허공에 채찍 날리는 소리
어둠을 찢는 소리

온통 하얗게 얼어붙은 사방 천지의

표정을 너희는 알지 못하리라.
그러나 보라, 가려졌기에
눈초리 그것만은 더욱 날카로운
쿠 쿨럭스 클런의 복면의 표정을.

더러는 서로 가까이 몸 붙여
빈약한 체온 나눈다 하는가 가소롭도다.
또 더러는 울고불고 매달려
뉘우친다 하는가 부질없도다.

어차피 혼자
저마다 혼자
도대체 누가 누구를 기대리오.
포고령을 내리노니 집회엄단!
두 사람만 모여도 불법집회니라.

그러므로 너희는 다만 고립
절벽 같은 고립으로 버틸 뿐이니라.
실은 그것이 본래의 너희 모습
다시는 그 모습 흩트리지 않게

내 너희를 얼음에 채워 영생케 하리로다.

눈에 대하여

수평선이란 인간의 눈이 포착할 수 있는 바다의 한계다. 그러나 수평선 너머에도 역시 바다가 있다. 그리고 그것은 수평선 이쪽의 바다보다 훨씬 큰 면적을 갖는다. 눈으로는 볼 수 없다고 하더라도 이처럼 더 크게 실재하는 것이 어찌 수평선 너머 바다뿐일 것인가.

시간의 흐름은 모든 사물을 변화시킨다. 인간의 육안이 그 변화를 천 년 후에 식별하든 만 년 후에 식별하든 이러한 사실의 그 본질은 달라지지 않는다. 그러니까 모든 사물은 끊임없이 변화의 과정을 밟고 있는 유동체로서 고정된 형태는 가질래야 가질 수 없는 것이다. 그러나 대부분의 사람들은 집도 가족도 어제 그대로, 산도 바위도 어제 그대로라 믿고 있다. 허망한 착각이다. 그러한 착각 속에 안주하고 있는 인간의 눈 또한 허망하기 짝이 없다.

눈은 마음의 창이라는 말이 있다. 그것을 통해 그 자신의 내면을 보여주는 마음이 없다면 눈은 아무것도 아니라는 사상이 가시처럼 우리의 눈을 찌르는 역설이다.

호머는 장님이었다고 한다. 사실 여부는 확인할 수 없는, 그러니까 일종의 전설이지만 그런 전설이 만들어진 데는 시인의 본질을 꿰뚫어본 선인들의 통찰이 작용하고 있다. 왜냐하면 시인은 누구의 눈에나 명백히 드러나는 그것이 아니라 보이지 않는 것을 보는 사람이기 때문이다. 보이지 않는 것을 보자면 보이는 것만 보는 그 눈은 차라리 감겨져야 할 것이다.

　인간은 귀나 코로도 볼 수 있다. 감각이 없다는 머리칼이나 손톱 끝으로도 역시 볼 수 있다. 마음 하나가 신선하게 살아 있다면 몸 전체가 눈이 될 수도 있는 것이다. 그리고 그때 보이는 것은 눈이 도저히 미칠 수 없는 영역이다. 실례를 찾자면 헬렌 켈러의 이름을 댈 수 있는 이러한 사실 앞에서 눈이여 함부로 뽐내지 말라.

제5부

불꽃 속의 싸락눈

1.

시인은 수많은 세계를 가져야 한다. 불교에서는 우주공간에 삼천대천(三千大千) 세계가 있다고 말하고, 또 현대과학도 거기엔 약 2억 개의 은하계가 있다고 추정하고 있다. 시인의 세계는 그보다 더 다양해야 한다. 그 다양한 세계 하나하나가 모두 그 시인의 얼굴이요 심장이다. 그러니까 시인은 무수한 얼굴, 무수한 심장을 가진 가면의 인간이다. 그러나 이때의 가면은 그것을 벗으면 안에 진짜 얼굴이 있는 일종의 부착물이 아니라 시인의 맨살 바로 그것이다. 물이나 카멜레온은 이 점에 대해 이해를 돕는 비유가 될 수 있다. 바람을 만나면 파도가 되고 벼랑을 만나면 폭포가 되고 또 개인 날씨의 호수를 만나면 잔잔한 거울이 되곤 하는 물의 그 어떠한 변화도 안에 진짜 얼굴을 따로 감춘 물의 가면이 아니다. 변화된 모습 그 자체가 바로 물인 것이다. 시시로 바뀌는 카멜레온의 몸의 빛깔도 또한 같다. 요컨대 시인은 본질적으로 가면의 인간이다.

2.

영향을 받는다는 것은 조금도 두려워할 일이 아니다. 남의 영향을 두려워할 만큼 허약한 정신은 아무것도 창조해 내지 못한다. 겨우 모방꾼이 될 뿐이다. 참으로 독창적인 정신은 영향을 두려워하지 않을 뿐 아니라 때로는 뻔뻔스럽게 남의 것을 훔치기도 한다. 훔친 것도 삼켜서 소화해 버리면 내 것이다.

3.

인간은 한 번밖엔 죽지 않는다. 삶의 일회성에 따르는 이것은 당연한 귀결이다. 그러나 시인은 열 번도 죽고 백 번도 죽는다. 왜냐하면 시인은 죽음조차도 허구화할 수 있는 인간이기 때문이다.

4.

누구나 절망할 수 있는 것이 아니다. 절망은 절망할 줄 아는 재능과 그 재능의 불꽃같은 발현(發顯)을 가능케 하는 정열의 소산이다. 그러나 사람들은 흔히 절망을 재능도 정열도 없는 자의 심약한 자포자기라고 생각하고 있다.

5.

세계는 원래 처녀로 있었고, 최초의 시인은 언어로써 그 세계의 처녀성을 겁탈했다. 그리고 처녀성의 겁탈자란 점에서는 오늘의 시인도 최초의 시인과 다를 바 없다. 다만 이때 문제가 되는 것은 이미 처녀막이 파열해 버린 이 세계를 어떻게 다시 처녀로 되돌려놓을 수 있느냐 하는 그것이다. 실제적으로 불가능이라 할밖에 없는 이 일이 시인에게 있어서는 그러나 가능하다. 때 묻은 일상, 레디메이드의 잣대가 높이 담을 쌓고 굳게 빗장을 질러놓은 그 유폐 상태로부터 세계를 해방시키면 되는 것이다. 해방자의 이름은 시인의 상상력이다. 그 상상력의 힘을 빌어 시인은 세계를 언제나 말짱한 처녀로 환원시켜 놓고 그녀를 다시 겁탈하는 것이다.

6.

누구나 할 말이 있다. 할 말이 있다는 건 결코 대수로운 일이 아니다. 누군가가 먼저 그 말은 이것이다 하고 선수를 쳐버리면 다른 사람은 아차 하지만 이미 때가 늦어 입을 다물 수밖에 없다. 중요한 것은 가슴속의 할 말이 아니라 그것을 언표(言表)하는 일이다.

7.

내일 아침에도 해는 틀림없이 저 동녘 하늘에서 뜬다는 보장이 어디 있는가 하고 시인은 때때로 의문을 제기한다. 그것을 어리석다 하는 사람에게 있어서는 세상만사가 확실하다. 그리고 그처럼 확실한 일로만 가득 차 있는 세계는 새로워질 도리가 없고 새로워져야 할 까닭도 없다.

8.

시인은 은성을 극(極)하는 대도시 한복판에서 폐허를 보는 사람이다. 그렇다면 실제로 폐허에 섰을 땐 무엇을 보는가. 역시 폐허 그것을 시인은 볼 뿐이다. 시인의 눈은 그 자체가 폐허이기 때문이다.

9.

지고(至高)는 도달 불가능한 영역이다. 그러므로 그것은 언젠가는 현재로서 우리 앞에 나타날 미래의 시간 속엔 있을 수 없다. 영원히 현재가 될 수 없는 흘러간 저 과거 속에서만 지고는 있는 것이다. '요순시절'이나 '에덴동산'의 다시는 재현될 수 없는 그 절대적 과거성! 시인은 스스로 미래를 버린 사람이다.

10.

유적의 도시 로마엔 외국 관광객들의 주머니를 노리는 치기배와 사기꾼과 바가지 상인들이 들끓고 있다. 그리고 적잖은 관광객들이 피해를 본다. 그래서 톡톡히 당한 관광객이 가해자를 붙들고 이게 도대체 무슨 짓이냐고 화를 내면 그자는 태연한 얼굴로 이렇게 도리어 반문하는 일이 있다. 그대는 이만 일도 당하지 않고 찬란한 로마의 문화유적을 공짜로 구경할 셈이었더냐고, 언즉시야(言卽是也)로다.

요즘 시는 알 수 없다는 말을 들을 때마다 나는 이 에피소드를 상기한다. 그 시를 이해하기 위해 당신은 얼마만큼 값을 치르었는가. 누워서 떡을 먹듯 그렇게 쉽게 시를 이해하려고 드는 것은 로마를 공짜로 구경하겠다는 생각보다 더 뻔뻔스럽다.

11.

시를 발표할 때 시인은 물론 독자들이 그것을 읽고 제대로 이해해 주기를 바란다. 그러나 이러한 바람은 결코 그 어떤 구걸이 아니다. 차라리 시인은, 독자들이여 여기 이런 시가 있으니 읽고 싶은 사람은 읽어 보시오 하고 작품을 발표하는 것이다. 발표 행위 그 자체가 곧 시인으로 하여금 쉽게 이해될 수 있는 시를 쓰도록 요구하는 대전제가 된다는 생각은 어리석다.

12.

시인은 사물을 무용화(無用化)시킨다. 바꾸어 말하면 사물이 갖는 일체의 효용성을 박탈하는 것이다. 그리하여 아무 쓸모가 없는 것이 될 때 사물은 비로소 광활한 자유의 공간 속에 놓여 스스로의 본질, 즉 자신의 있는 그대로의 모습을 드러낸다.

13.

기성품은 대량생산이 가능하다. 그리고 그것은 신발을 발에 맞추는 것이 아니라 신발에 발을 맞추게끔 요구한다. 시인은 이러한 기성품을 거부하고 수제품(手製品)만을 만든다. 그 당연한 귀결로서 시인은 언제나 비능률적일 수밖에 없는 것이다.

14.

시인에겐 유파가 없다. 있다면 그가 만든 그 자신의 유파가 있을 뿐이다. 그러므로 시인은 모두가 일인일당(一人一黨)의 당수다.

15.

그대는 시를 몇 편이나 썼느냐고 어느 시인에게 물었다. 대답은 이러했다. – 나에게는 오늘 쓴 이 한 편의 시밖에 없다. 어제까지 쓴 시는 오늘의 이 한 편이 그 정기를 모조리 빨아먹어 빈껍데기가 되었기 때문이다. 내일 시를 쓰면 오늘의 이 한 편이 또한 그렇게 된다. 나에게는 영원한 한 편의 시가 있을 뿐이다.

16.

언어의 연금술이란 말이 언어를 매끈하게 갈고 닦는 일인양 오해되고 있는 경우를 흔히 본다. 연금술의 기본개념은 비금속(卑金屬)을 귀금속(貴金屬)으로 바꾸어놓는 일, 즉 그 질(質)의 전환을 뜻하는 것이다. 이 전환은, 중세사회가 연금술을 악마의 소행으로 본 것처럼, 일종의 마술적 힘에 의해 돌연변이적으로 이루어지는 일이기 때문에 매우 충격적이다. 언어의 연금술도 물론 그처럼 돌연변이적으로 언어의 질적(質的) 전환을 이룩하는 충격적 작업이 아닐 수 없다.

17.

어떠한 낱말도 그 자체로서 고립되어 있는 것은 없다. 그것은 다른 낱말과의 혹종의 순열조합(順列組合)을 전제로 해서만 비로소 존립이 가능한 것이다. 이 순열조합이 오랜 세월을 두고 하나의 고정된 틀을 이룰 때, 그리하여 그것이 네거리의 빨간불, 파란불처럼 사회 공인의 약속이 될 때, 우리는 그 틀의 이름을 언어의 일상적 의미체계라 부른다. 시인은 이러한 언어의 일상적 의미체계를 부수는 파괴자, 적어도 부수려고 덤비는 난폭한 인간이다. 그래서 그는 낱말을 저 혼자 고립시키기도 하고, 또 그 낱말이 갖는 안정된 순열조합의 질서를 교란시켜 수술대와 양산, 화약과 미인을 강제로 한자리에 앉히기도 한다. 그런 일이 어떤 결과를 가져올 것인지는 시인 자신도 미리 예측할 수 없다. 그러나 한 가지 분명한 것은 그러한 작업 없이 언어의 혁명과 정신의 해방은 기대할 수 없다는 사실이다.

18.

지금 내 앞에는 책상이 하나 있다. 이것이 책상인 까닭은, 이것에 책상이란 이름을 붙인 일련의 언어질서, 즉 특정한 문맥 때문이다. 문맥이 달라지면 이것은 책상 아닌 다른 것이 되고 만다. 책상을 책상이라고만 우기는 것은 그 다른 문맥의 존재를 알지 못하는 사람이 연출하는, 좋게 말하면 순진하고 나쁘게 말하면 우둔한 난센스에 불과하다.

19.

예루살렘으로 들어오는 예수를 향해 호산나를 부른 것도 대중이요, 빌라도 앞에서 예수를 처형하라고 소리쳐 댄 것도 대중이다. 그러한 대중이 시인을 보고 이래라 저래라 할 수는 없다. 시인이 제 발로 그러한 대중을 찾아가서 지시를 앙청한다는 것은 더욱 어불성설(語不成說)이다.

20.

정신은, 그것이 정신인 줄 아는 사람에게 있어서만 정신이다.

21.

밤은 잠자는 시간이다. 그러나 모두가 돼지처럼 잠들어 버린다면 그것이 밤인 것을 누가 알 것인가. 소수의 불면자(不眠者) 때문에 밤은 비로소 밤이 된다.

22.

그 위에 한 줌 흙이 뿌려진다. 그리고 끝나 만사가 버린다. 파스칼의 한 구절이다.

그러나 자신이 말한 대로의 절차를 거쳐 만사가 끝나 버린 파스칼은 아직 살아 있다. 이 세상엔 죽음으로써 그 생애가 완전히 종말을 고하는 사람이 대부분이지만 죽은 후에 새로운 생애가 시작되는 사람도 없지는 않다.

23.

건강은 물론 귀중한 가치다. 그러나 병든 자의 눈이 아니고는 건강의 가치를 옳게 알아보지 못한다. 돼지에게 진주와 같은 그러한 건강이 너무나 많다.

24.

당신은 요술을 믿지 않는군요. 가엾은 사람!

텔레비전의 어린이 프로, 그 만화영화 속의 잠자리 요정이 이렇게 말한다. 그렇다, 요술은 그것을 믿는 사람에게는 현실로서 나타난다. 기적도 그러하고 꿈도 그러하다. 시인은 요술을 믿는 사람이다. 그리고 요술을 믿는다는 것은 저 혼자만 그러는 것이 아니라 다른 사람에게도 그 요술이 우리가 흔히 현실이라고 말하는 그 현실처럼 확실한 현실의 하나임을 깨우쳐 주는 일이다.

25.

예언의 실현은 그 예언의 사멸(死滅)을 뜻한다. 참다운 예언은 영원히 실현되지 않는 환상적 예언이다. 그러한 예언은 그것이 아직 실현되지 않았다는 그 일로 해서 언젠가는 그것이 실현될지도 모른다는 기대감, 아니 차라리 공포감을 안겨 준다. 그 공포감이 바로 예언의 생명력을 끊임없이 북돋워 주는 먹이인 것이다.

26.

고대 희랍의 비극은 두 손으로 얼굴을 가리고 싶을 만큼 소름끼치는 인간의 좌절

상을 보여준다. 그들은 아무 잘못도 없이 운명이 휘두르는 그 몽둥이의 강타(强打)를 맞아 파멸의 구렁텅이로 떨어지는 인간이다. 그런데도 불구하고 아리스토텔레스는 그러한 비극의 그 처참, 그 공포가 관객들의 가슴속에 카타르시스 작용을 일으켜 그 것을 정화시킨다고 말했고, 또한 그 말은 오늘날까지도 권위 있는 발언으로 인정되고 있다. 인간의 가슴속엔 비극과 공포와 파멸을 희구하는 어떤 마성(魔性)이 숨어 있음을 알려주는, 이것은 하나의 뚜렷한 증거라 하기에 족하다.

27.

인간은 없다, 있다 하더라도 그것은 하나의 추상적 존재에 불과하다. 실재하는 것은 개개의 인간, 즉 김 아무개와 박 아무개, 그리고 존과 메리일 뿐이다. 이러한 인식 없인 인간의 참모습은 파악되지 않는다. 그래서 우리의 조상들은 예부터 남의 염병이 내 감기 고뿔만 못하다고 말해 왔다.

28.

2백 원짜리 메밀국수 한 장으로 점심을 때우고 식후 3백 원짜리 커피를 마시는 싸구려 월급쟁이들의 그 실속 없는 허세를 나는 사랑한다. 사람들이 모두 실속만을 차리는 빈틈없는 사회에 있어서는 정신이나 영혼 같은 것은 그야말로 무용지물이다. 개미의 사회, 또는 헉슬리의 『멋진 신세계』의 그 철저한 실속주의를 보라!

29.

침묵이 없으면 언어가 없고, 언어가 없으면 침묵이 없다. 그러나 침묵은 침묵이란 언어에 의해 존재한다. 언어가 또한 언어라는 언어에 의해 존재하는 것처럼, 요컨대 언어가 있을 뿐이다. 이처럼 모든 것을 수렴하는 언어는 모든 것을 수렴한다는 바로 그 사실 때문에 그 자신은 블랙홀 같은 무한한 공동(空洞)임을 스스로 자백한다.

30.

사상은 환상이다. 일견(一見) 허황한 그 환상이 한 인간의 삶의 의미, 그 근본을 지탱하는 지주가 될 때, 다시 말하면 그것으로 그가 환상이 아닌 현실의 자기 인생을 불태우려 할 때, 환상은 사상으로 탈바꿈한다. 그러므로 현실에 발을 붙인 사상이란 말의 모순이 아닐 수 없다. 사상은 현실을 살찌우는 먹이가 아니라 그 현실을 먹이로 해서 자기가 살찌려는 탐욕스런 정열이다.

시인은 말한다

시인은 말한다

이것은 나의 다섯 번째 시집이다. 79년 말부터 84년 10월까지 사이에 쓴 작품들을 대충 경향별로 나눠 순서 없이 실었다. 그리고 단장(斷章)「불꽃 속의 싸락눈」은 일종의 자작시 해설도 겸하고 또 산문시로도 읽혔으면 하고 끝에 붙였다.

시인은 시를 쓰는 사람이라기보다도 오히려 시를 찾는 사람이라고 나는 생각하고 있다. 찾는 시가 어디 있으며, 또 어떤 모양을 하고 있는지 그는 알지 못한다. 구름을 잡는 듯한 암중모색이다. 그러한 모색의 과정에서 문득 손에 잡히는 것이 있어 한 편의 시를 써내게 된다. 그러나 막상 그 시를 완성해 놓고 보면 거기 남아 있는 것은 시가 아니라 시의 껍데기에 불과하다. 다시 새로운 모색이 시작되지 않을 수 없다.

그것은 그가 시인이기를 그만둘 때까지 끝없이 되풀이되어야 할 새로운 시작이다. 그러므로 시는 본질적으로 실험이 낳은 미완성품이요, 안주를 거부하는 도전인 것이다.

그 실험, 그 도전이 무엇을 가져오게 될 것인지는 알 수가 없다. 어쩌면 아무 소득이 없는 정열의 낭비로 그칠지도 모른다. 그러나 시를 택했다는 사실 자체가 이미 소득과는 무관한 일이기 때문에 시인은 그것을 괘념하지 않는다. 그리고 다만 찾아 나선 시를 끝까지 찾고 또 찾을 뿐이다.

그 점 내가 과연 시의 진지한 탐구자였던가를 자문해본다. 부끄러운 일이지만 자신이 없다. 그러한 나의 시를 이렇게 책으로 엮어낼 수 있게끔 도와주신 분들에게 감사를 드린다.

1984. 10

이형기 식지(識之)

제6시집

심야의 일기예보

문학아카데미, 1990

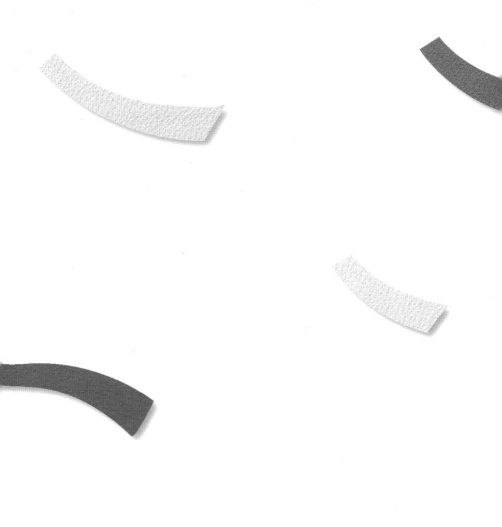

제1부

멸망의 취미

일기예보

한겨울
심야의 라디오 일기예보는
듣기 전에 이미 가슴이 설렌다.
바람은 북동풍 초속 십오 미터
심술로 퉁퉁 부은
천이십 밀리바의 저기압을 등에 업고
오호츠크해로 지금 눈보라를 몰고간다.
모든 선박의 운항금지를 명하는
폭풍경보
세상을 온통 꼼짝달싹 못하게
계엄령처럼 숨죽여 놓고
거동이 수상한 캄차카반도는
공중에 거꾸로 매달아 놓고
저 혼자 미쳐 날뛰는 오호츠크해
그리고 눈보라를
내 가슴에 가득 채우는
한겨울 심야의 일기예보.
그것은 명왕성 저쪽으로부터
세기말의 감수성한테 보내는
은밀한 스탠바이 신호

지구 폭파의

디데이 통보처럼 전율적이다.

거덜나리니

내 기꺼이 거덜나리니

바람아 광풍아 석 달 열흘만 불어라!

나의 취미는 멸망이다

학교 주변 뒷골목에는
낙첨된 주택복권을 사들이는
가게가 있다

혹시나 혹시나
몰래 숨긴 1억 원짜리 꿈이
역시나 허탕으로 꺼져야만 반기는
심술꾼 가게 주인

군대로 치면
이들은 모두 전사자지요
그러니 다시는 죽을 리 없는
불사의 군대만을 모으고 있지요

과연 그는 백전노장
지고 쫓기는 덴 이골이 나서
도주하는 밤길
그 어둠조차도 절망으로 불 밝힌다

이유는 무슨 이유

다만 취미

허탕을 위한

꿈 많은 복권 구매자여 들으라

나의 취미는 멸망이다

극약처방

고심참담 들키지 않게
밤을 새워 장치한 시한폭탄

그러나 아무리 기다려도 그것은
터지지 않았다

틀림없이 세상을
발칵 뒤집어 놓았어야 할 혁명의 음모가
휴지만도 못하게 묵살당한 날

그날도 사람들은
아침부터 헬스클럽에 모여들어
체중조절에 여념이 없었다

그렇게 모두 디룩디룩 살이 찐 시대의
건강에 짓눌려 비실대는 것

허약한 시여
종이로 만든 불발탄이여

이제 너한테 먹일 약은

파멸을 확인하는 마지막 처방

이를테면 비상 한 첩밖에 없다

풍치

1

풍치라는 말은 재미있다.
바람 든 이빨
바람에 뿌리까지 흔들리는 이빨
거짓말 같지만 그래도 별수 없이
그냥 지그시 깨물고 참는다.

이윽고 입 안에
홍건히 고이는 것이 있다.
뱉어보면 그 속엔
조금씩 녹아내린 오늘의 아픔
맛이 좀 건건찝찔한
그 용액은 누구와도 나눌 수가 없다.

언젠가는 모두 뽑히고 말 것이다.
뽑힌 그 자리
바람 말곤 또 무엇이 있겠느냐.
어느새 그 바람 미리 끌어안고
흔들리는 어금니.

풍치라는 말은 역시 재미있다.

2

문득 한 마리 코브라를 생각한다.
광안리 어느 맥주홀에서 만난
질겅질겅 유리컵을 씹던 자칭 코브라는
멋없이 그냥 건강한 이빨
풍치를 모른다.
진짜 코브라가 앓는 병 풍치
그리하여 그가 혼자 깨무는
누구와도 나눌 수 없는 그 아픔의 용액은
이빨의 법랑질 속으로 스며든다.
아 드디어 코브라의 맹독!

물거품 노트

나의 노트는 그 책장이
파도의 물거품으로 되어 있다
밤 내 시를 써서 한 권을 채우지만
이튿날 보면
문자는 모두 떠내려 가버리고
다만 펼쳐진 망망대해
그 속에서 나는 혼자 표류하고 있다

미끄럼대

뒤돌아보니
여름은 어느새 죽어 있었다
학질을 앓고 망가진 사내들이
뒤늦게 여름을 장사지내고
몇 잔 소주를 걸치고 내려오는
걸음이 좀 비틀대는 비탈길

모든 사건은 언제나
마카로니 웨스턴의 연기처럼 냉혹하게
아니 만화처럼 간단하게
처리된다 걱정 말아라
그래서 겨우 한 칸 반이 비어 있는
변두리 니나노집
고장 난 카세트가 끼륵끼륵
목쉰 갈매기 울음으로
바다 없는 도시에 바다를 불러들이는 가을

밀물은 어둠을 몰고 온다
썰물은 어둠을 남기고 돌아간다
덧쌓인 어둠 속에 난파선의 마스트

파멸로 경사진 미끄럼대 하나가

망가진 사내들의 유일한 주제처럼

삐딱하게 서 있다

노을길

자 가자
해가 지고 있다.

하늘에 펼쳐지는 장엄한 출발 제전
하루살이가 떼 지어 날은다.
그리고 땅 위엔 쇠똥구리들
쇠똥 말똥 뭉쳐진 덩어리
지구를 하나씩 영차영차 굴린다.

밤으로 밤으로
하루살이도 지구도 모두 그 길
밤으로 가는 길
찬란한 노을길!

만개

한시도 쉬지 않던 너의 발걸음이
마침내 절정에 이르렀구나
벚꽃의 만개여

더 이상은 갈 데가 없는 절대절명
그 팽팽한 긴장감의 한계에서
더러는 한두 잎
너의 종말을 예고하는 낙화

아아 벼랑 끝에 선 자의 절망이
그 깊은 나락을 굽어보며
사치를 다한
마지막 잔치를 벌이고 있다

지화자 어디선가 풍악도 울리는
휘황하게 너무나도 휘황하게 불 밝힌
가슴 저리는 슬픔
벚꽃의 만개여

확실한 유언비어

밑동이 썩은
우리 동네 늙은 느티나무
어쩌자고 그래도 가지의 가지 끝에
파르스름 봉긋
부풀어 오르는 것이 있다
안스러운 안간힘

봄아
이 죄 많은 봄아
그렇게 표내지 않아도 된다
네가 퍼뜨리는 사실보다 확실한 불온한 유언비어
사는 그날까진
어떻게든 슬플밖에 없다는 그것을!

소

소가 있다
심통 사나운 이무기 한 마리 삶직한 소
그래서 가만히 들여다보면
으시시 무섬증도 생겨나는 소
그러나 무서워 뒷걸음치기보단
그만 풍덩 빠져 죽고 싶은 소
글쎄 뭐랄까 그 옛날
잘 먹던 박가분 납독이 올라 끝장난 퇴물 기생
여자라도 그렇게
실로 검푸르게 황폐한 여자 같은 쓸쓸함이
깊은 소 하나를 이루고 있다
흐린 겨울날

제2부

먹통전화

항복에 대하여

항복한 자는
두 손을 번쩍 위로 치켜든다.
그리하여 뜻밖에도
하늘을 저 혼자 차지해 버린다.

손은 완전히 비어 있다.
들었던 것도 내버리지 않으면
항복할 수가 없다.
막바지에 몰려 벌거벗고 나선
겨울 들판의 앙상한 나무 한 그루.

실은 행복에서
내리긋는 한 줄만 덜어내면 항복이다.
겨우 한 줄만 덜어내도
행복처럼 기를 쓰고 지킬 필요가 없는
항복의 축복.

하늘에 새 한 마리 날고 있다.
벌거벗은 겨울나무가 새가 되어
한 줄 덜어낸

항복의 그 가벼움을 날고 있다.

아니다. 퇴로가 차단된 막바지
추락의 꿈이
하늘을 다 차지한 새 한 마리
두 손을 치켜들고 그렇게 날리고 있다.

측량기사 K

어깨를 축 늘어뜨린 채
오늘도 혼자 돌아오고 있다
보나마나 허탕
성으로 가는 길을 찾지 못한 거다

직업은 측량기사
백지를 펴놓고도
길을 찾아 그것을 그려넣도록
훈련받은 사나이

이름이 왜 하필 K냐
Key가 못 된 안타까움이
등판에 삐죽
두 개의 더듬이로 자라난 K여

성은 언제나 거기 우뚝하다
우뚝하기 때문에 쳐다보는 성
그러자니 별수 있나
찾아가 볼밖엔 도리 없는 성

이름부터가 잘못인가 보다
Key로 가는 첫걸음 K
가도 가도 첫걸음
요컨대 원점만을 맴도는 K

직업은 또 그게 뭐냐
어느 날 눈떠 보니 갑자기
갑충으로 변해 있던 친구의 놀라움을
되씹는 K 터무니없이
굴레 하나 뒤집어쓴 측량기사 K여

들개

개가 짖고 있다
집 없는 들개
집이 없으니 지킬 것도 없는
들개 한 마리 어둠을 짖고 있다

놈은 뭔가에 겁을 먹은 듯
그리고 겁먹은 자신을 향해
슬픈 노여움을
놈은 또 함께 뱉어내는 듯

촉나라의 개는 달을 보고 짖었지만
문명의 매연에 찌든
검은 구름이 하늘을 가린 밤
달은 아예 뜨지도 않은 밤

지킬 것이 있는 사람들은 모두
문을 굳게 빗장을 질렀다
질린 빗장과 빗장 사이의
그 깊은 단전의 계곡에는
이를 갈며 뒤척이는 잠이 그득하다

그 속에서 집 없는 들개 한 마리
실체는 확인할 도리가 없다
어쩌면 그림자뿐일지도 모른다
그러나 분명 짖고 있는 개!

겨울 나그네

늦대 한 마리 울고 있다
세찬 바람이 지우는 그 소리
뱃가죽이 등에 붙은 야성의 굶주림은
그러나 그대로 노출된다
날카로운 송곳니

눈이 쌓여 있다 눈이 쌓여
포근하다고 말하는 길들여진 가축들의
잠꼬대는 꺼져라 하고 눈이
쌓여서 꽁꽁 얼어붙어 있다

달을 보라 빈 창자와
그 속에 남은 마지막 온기마저
꿰뚫어 없애는 감마선 달빛
만월이 반으로 압축된 반달을

달빛 아래 늦대 한 마리 울고 있다
아니 늦대가 어디 있나
다만 늦대 울음소리 같은 야생의 굶주림
그것을 찾아가는 겨울 나그네의 꿈이

차갑게 송곳니를 드러내고 있다

미행

문득 뒤돌아보면
놈이 또 거기 있다
정체불명의 검은 복면자

때로는 모른 채 시침을 떼고
내 바로 앞에 놈이 간다
절대로 뒤돌아보는 법 없이

그러나 속지 말라
놈은 내 행선지를 미리 알고 있다
별수 없이 놈을 뒤따라가는
무거운 발걸음

아무리 용케 따돌려도 놈은
이윽고 또 나타난다
밤중에 어두운 골목길로 도망치면
그게 얼마나 부질없는 일인가를
이튿날 틀림없이 일깨워 주는—

아 정말 지겨운 미행자

놈이 어느 날
가까이 다가와 귀에 대고 속삭였다
뭘 그래

날더러 자네를 미행하라 했었지
그때 자네가 말한 대로
나는 자네 분신
은밀한 한통속끼리 뭘 그래 자꾸만

주모자

한밤중에 문득 잠을 깬다.
마루에서 들리는
무언지 모르게 수군대는 소리.

마루에는 낡은 소파와 싸구려 꽃병
고장 난 벽시계와 그리고 또……
말하자면 일상의 잡동사니들이
무관심의 먼지를 쓰고 잠들어 있다.

순간 집히는 것이 있다.
그렇다 틀림없이
놈들이 반란을 음모하고 있다.

현장을 덮치리라.
살며시 자리를 빠져나와 전등을 켠다.
아뿔사 괴괴한 정적의 가면
놈들은 벌써 완벽하게 위장하고 있다.

그러나 너
한발 늦은 주모자!

그는 거울 속에 숨어 있다.
아직도 가끔 한밤중에 눈 뜨는
빛바랜 반란의 꿈 한 조각 움켜쥐고
창백한 얼굴로.

먹통전화

전화기가 고장 났다
어느 날 갑자기
한 덩이 작은 어둠이 되어
책상 위에 놓여 있는 먹통전화

아무런 예고도 없이
그것은 외부와의 연락을 차단하고
소문에 너무 민감했던 귀
하소할 게 너무 많았던 입을
꼼짝달싹 못하게 틀어막아 버린다

그래도 아직
할 말
들어야 할 소식 있으면
네가 네한테 말하고 들어라

고장 난 전화는 그러나
그런 말도 하지 않고 다만 먹통
먹통 같은 묵비권 하나로
제 어둠을 지키고 있다

혹시나 하고 만져보면

찬 피 검은 두꺼비처럼 손바닥에 감응하는

그것은 분명 살아 있는 어둠

섬뜩한 어둠이다

은하 그림

오늘 나는 그림을 그린다
은하의 그림이다

거기서는
별이 물 되고 바람이 모래 된다

철로가 없는데도 거기서는 또
기적 소리 999
비둘기처럼 은하철도가 달린다

추락의 꿈을 싣고
우주의 낭떠러지 저쪽으로

실은 아무것도 없는 허공에
마음 하나 펼쳐본 그림

별이 물 되어 흐르고
바람이 모래 되어 강변에 쌓이는
은하 그림

거기서는 또

백지가 스스로 불꽃으로 타올라

블랙홀로 가는 길을 밝힌다

정적의 개

적정은 이상한 개 한 마리를 기르고 있다.
그것은 짖기만 할 뿐 보이지 않는 개
이 세상 온갖 소리가 모두 잠들고 나면
정적은 놈을 슬그머니 풀어놓는다.
보이지 않는지라
딱히 어디라고 짚을 수도 없는 어둠 속에서
놈은 짖어댄다.
짖는다고 했지만 때로는 신음 같고
또 때로는 비명 같은 그 소리.
놈은 틀림없이 병들어 있다.
소음은 귀를 막으면 꺼지지만
그 소리는 귀를 막을수록 날카롭게 아니 음침하게
지구의 밑바닥까지 울린다.
실은 그 지구 밑바닥에서 혼자
병든 개 한 마리로 어슬렁대고 있는 정적
놈이 제 고독을 그렇게 짖고 있다.
식, 꺼져라. 이놈의 개!

목마름

마흔다섯에
귀신을 본 시인이 있었다.
귀신은커녕 귀신 코빼기도 못 본 채
추적추적 밤비 내리는
쉰다섯 초겨울.

비는 어둠을 적신다.
젖어서 돛베처럼 쳐진 어둠 속에
갑자기 눈을 뜨고 살아나는 것
젖지 않는 목마름.
그렇다 갑자기—

중동에 가고 싶다. 중동에서도
석유 한 방울 나지 않는 나라
초겨울 이맘때면
역시 추적추적 밤비 내리는
요르단의 그 사막으로 가고 싶다.

누가 귀신을 보았거나 말거나
아랑곳없이

거기서 홀로 눈뜨고 있는 것
젖을수록 젖지 않는 거대한 목마름.

헤매라!
가서 그 사막을 헤매라고
쉰다섯 초겨울 밤비는
귀신처럼 음침하게 속삭이고 있다.

월평선이 있는 풍경

사막이다

달밤이다

어디선가 딸랑딸랑 방울뱀 한 마리

누구와도 나눌 수 없는 맹독

그렇다 드디어

치명적 맹독으로 응축된 고독

또는 달빛 싸라기 한 알

송곳니 뿌리에 깊이 감추고

혀를 날름대는 방울뱀 한 마리

모래언덕 저쪽

월평선 저쪽으로 넘어가고 있다

11월

그가 가고 있다
빈 들판 저쪽으로 꾸부정한 키
누군지 알 수 없는 그가 혼자 가고 있다

여보세요
여보세요

뒤돌아본다
순간 말문이 막히는 마른 침
얼굴이 없다!

백지 한 장
이목구비가 다 지워진
썰렁한 백지 한 장

왜 그러나 이 친구
어디 아픈가?

실은 아무도 없는 들판
찬바람에 서걱대는 마른 풀잎들이

아까부터 그렇게 나보고 묻고 있다

제3부

시지프스의 달력

파도소리

우 달려든다
부딪쳐 부서진다
허옇게 거품을 물고 끝장나는
그 파도소리

아무것도 달라질 게 없는 자리가
그대로 멀쩡하게 남아 있다
절벽은 절벽으로
절벽에 쏟아지는 햇빛은 햇빛으로
절망적으로 모두

그러나 눈썹 하나 까딱하지 않고
그는 또 새로 시작한다
벌거벗고 온몸으로
매번 다시 전부를 내던지는 이판사판

해안은 텅 비어 있다
아니 진땀나는 침묵이 해안을
가득 채우고 있다 언제나
그리고 그 속에 그가 혼자

허옇게 거품을 물고 끝장나 버리는

아무도 안 보는 백주의 결투!

오늘도 또 그 진종일의 되풀이

그 파도소리

모비딕

영화는 끝났다
예정대로 조연들은 먼저 죽고
에이허브 선장은 마지막에 죽었지만
유일한 생존자
이스마엘도 이제는 간 곳이 없다
남은 것은 다만
불이 켜져 그것만 커다랗게 드러난
아무것도 비춰주지 않는 스크린
희멀건 공백
그러고 보니 모비딕 제놈도
한 마리 새우로
그 속에 후루룩 빨려가고 말았다
진짜 모비딕은
영화가 끝나고 나서야 이렇게
만사를 허옇게 다 지워 버리는
그리하여 공백으로 완성시키는
끔찍한 제 정체를 드러낸다

명창

오늘 밤은 벌레가 한 마리만 울고 있다
다른 놈들은 모두
귀를 기울이나 보다
명창인가 보다

그렇다면 나도 ― 하고
귀를 기울여 본다
명창은 간데없고
쏘올쏘올 쏘르르 쏠
끌송곳으로 구멍을 뚫는 소리

어둠 속에서
다시 그 어둠 밑바닥으로
지구의 저쪽으로
무슨 탈옥계획인양 은밀히
구멍을 뚫는 소리

내 귀에도 들리니 하느님 귀에는
오죽할까 그런 줄도 모르고
쏘르르 쏠 벌레 한 마리

다른 놈들은 망을 보나 보다

확산

1천5백 도의 불길이 달구어 낸
초벌구이 작은 밥주발처럼 하얗게
정화된 두개골.

그러나 속을 햇빛에 비춰보면
희미한 얼룩이 아직 남아 있다.

— 살아생전에 겪은
괴로움의 자죽일거야 아마도

이윽고 유족들은
화부가 곱게 빻은 뼛가루를
허공에 날렸다.

1천5백 도의 불길도
끝내 다 태우지 못한 고통의 원형
그 미립자가
내년에 다시 싹틀 민들레 꽃씨처럼
온 세상에 퍼졌다.

착각

나의 발목엔

쇠사슬 족쇄가 채워져 있다

그리고 그 사슬에 매달린

투포환의 대완구알 같은 쇳덩이

쓰린 마음으로

애물 자식의 머리를 쓰다듬듯 만질 수는 있어도

집어던질 재간은 내게 없는 그것을

사람들은 지구라고 부른다

밤이면 그 쇳덩이 위에다

촛불 한 자루 켜보곤 한다

별 뜻이 없는 심심파적이다

힘겹게 두어 방울 떨어지는 촛농

뜻밖에도 그것이

물기가 졸아들어 뻑뻑하고 진득대는

눈물로 착각될 때가 있다

시의 바다

그 나라의 시인들은
해변 모래판에 시를 쓴다
이내 파도가 밀려와서
그들의 시를 모두 지워 버린다
순간의 소멸이다
이윽고 바다가
그 파도를 또한 삼켜 버린다
허구한 날
그렇게 되풀이하다 보니 어느새
멀리 수평선 저쪽까지
검푸르게 시의 독이 퍼진 바다
시가 된 바다
그 나라의 시인들은 해변 모래판에
시가 아닌 순간의 소멸을 쌓아
바다를 만든다

낮달

새를 그린다
힘차게 퍼덕이는 커다란 날개
날개를 타고 가는 크레온의 곡선을

그려놓고 다시 보니
새가 없다
다만 찢긴 날개 몇 짝
무참하게 방바닥에 흩어져 있다

그리려는 순간에 재빨리
어디론가 멀리 날아가 버린 새
모양이 없는 새
그리고 뒤에 남은 휴지의 구겨짐

창밖엔 헛것처럼 달이 떠 있다
남은 도화지로
누군가 하늘에 오려 붙인 새
새가 아닌 낮달이

동행

하루살이 나라
하루살이 동네에 교통사고가 났다.
하루의 채 반도 못 산
억울한 하루살이
그 불의의 죽음을 슬퍼하는
살아 있는 하루살이
그들 모두를 함께 거느리고
해는 벌써 서산에 뉘엿거린다.

길

빈 들판이다
들판 가운데 길이 나 있다
가물가물 한 가닥
누군가 혼자 가고 있다
아 소실점!
어느새 길도 그도 없다
없는 그 저쪽은 낭떠러지
신의 함정
그리고 더 이상은 아무도 모르는
길이 나 있다 빈 들판에

그래도 또 누군가 가고 있다
역시 혼자다

비가(悲歌)

눈이 오는 밤
아이가 들판에서 모닥불을 피운다

어둠 속에서 아이의 눈이
눈송이 하나로 차갑게 반짝인다

아이가 되는 눈
눈이 되는 아이

그리하여 모닥불 불꽃 속으로
말없이 떨어져 내리는 아이

누군가 상기 모닥불을 피운다
아까 본 아이다

눈도 그대로
들판도 그대로

시지프스의 달력

시지프스의 달력에는 날짜가 없다.
다만 이렇게 씌어 있을 뿐이다.
— 해가 뜬다.
해가 뜨는 지구의 그 뒤쪽에선 그때
저녁노을 바야흐로 붉게 타고 있다.

아 끝이 곧 시작인 노역자여!

신나는 마을

그 마을에는 새것은 아무것도 없다
주민들은 모조리 늙은이뿐이다
늙은 늙은이와 젊은 늙은이와 애늙은이
그리고 등에 업힌 젖먹이 늙은이
실은 태어날 때부터 모두
폭삭 늙어 있다
그러니 누가 무슨 짓을 해도
조금도 문제될 것이 없는 마을
태평한 마을
그러니 꽃도 바람도 비도
마을이 처음 생겨나던 그날처럼 호호백발
하하백발이다
때로는 그 호호와 하하가 울고불고를
또는 죽기살기를 해본다
하지만 알고 보면 그것도
마을이 생겨나던 그날부터의 놀이의 되풀이
이미 완성된 허무의 쳇바퀴만
그 때문에 더욱 신나게 돌아간다
그러므로 그것은 신나는 마을
에이 썅!

아니 이왕이면 얼씨구절씨구!

신날밖에 다른 일은 없는 마을이다

동어반복

왕년에 한두 번
늙어보지 않은 자 어디 있나?

그렇지 그렇지 왕년에 한두 번
젊어보지 않은 자 어디 있나?

그리고는 잔이 한 순배 돌아가는
어느 날의 놀이터.

공중에는 일행을 아랑곳하지 않는
거대한 풍차수레 하나

동어반복의 원주를
혼자 빙글빙글 돌아가고 있다.

이사

또 이사를 했다.
서울서 부산으로
부산서 서울로
이사한 그 서울 월계동에서
수유4동으로,
바로 북한산 밑이다.

이제 더는 이사하지 맙시다.
아내의 말이다.
하긴 그래,
버리자니 아깝고 옮기자니 사람 잡는
그 우라질 구닥다리 이삿짐
이젠 정말 신물이 나누만.

그러나 아무리 눌러앉자 해도
어차피 이사는 또 하게 마련이다.
우선 확실한 예정코스 하나
산으로 갈 차례가 남아 있다.
산 밑에 왔으니 가깝기는 하지만
이사는 이사

그리고 게서도 또 시작이다.
바람이 불 땐 바람 되어 바람집으로
비가 올 땐 비에 섞여 빗방울집으로
꽃이 필 땐 꽃집을 거쳐
이튿날은 꽃잎 지는 서운이네 집으로

그렇게 돌고 돌아 어디로 갈지
알 수 없는 구름 한 자락
다시는 이사를 하지 말자면서
실은 또 이사를 준비하는 이사
세계에서 제일 큰 이삿짐센터
그 집은 하루도 쉬는 날이 없다.

세월

― 12월의 노래

해가 진다. 거대한 바퀴가
오늘의 마지막 고비를 넘어가는
장엄한 제전
서쪽 하늘을 피보다 진하게 물들인 아쉬움이
노을처럼 타고 있다.

가면 다시 돌아오지 않는다.
돌아오지 않는 길을
잠시도 쉬지 않는 너 세월의 발걸음
목적지가 어디냐?

아무도 대답할 수 없는 물음이
이별하는 항구의 뱃고동 소리처럼 울린다.
또는 바람 부는 을숙도의 갈대밭
마른 갈대 서걱대는 소리처럼.

뿌듯한 가슴이 어디 있는가?
텅 빈 동굴
그 속으로 갑자기 밀려드는 이것은
추위가 아니라 어둠이 아니라

어둠도 감추지 못하는 뉘우침.

몇 잔의 소주와
군밤 한 봉지로
우리는 그 동굴 속에 조그만 등불을 켠다.
불빛 저쪽으로 사라져가는 너.

그러나 아무것도 끝나진 않는다.
내일이면 또 내일의 새날
또 다른 네가 아침을 열 것이다.
가거라, 아니 길을 비켜라
내일의 너를 위해 오늘의 너는.

제4부
연애편지

겨울 소나기

아버지는 돈키호테가 아니었다
하지만 나귀는 로시난테
빈 달구지만 끌고 왔다
지쳐 빠져서 다리를 절면서

그게 아니지
아니고 말고
아버지가 한꺼번에 온 마당에
은화처럼 부려 놓은 달빛
겨울 소나기

그날 밤 우리 집에서 벌어진 잔치는
상다리가 휘어졌다
그 너무나도 풍성한 기적 앞에
할 말을 잃어버린 가족들 대신
은쟁반이 서로 부딪쳐 울었다

아버지는 갔지만
아직도 그날처럼 다리를 절면서
마당에 들어서는 로시난테

빈 달구지

나는 돈키호테가 아니다
그러나 이름은 기억하고 있는
그 만화 같은 이상주의자
그가 정말 만화처럼 우스꽝스럽게 우루루
아니 눈부시게
은화로 된 달빛을 쏟아 놓는다
겨울 소나기

온몸이 젖는다
흠뻑 젖는다
아무리 젖어도 젖지 않는 돈키호테
깡마른 그의 우수 어린 눈매가
차갑게 그 속에서 은화로 살아나는
겨울 소나기

연애편지

구식이긴 하지만
편지는 역시 연애편지가 제일이다
수동이든 전동이든
편리한 타자기론 한숨이 배지 않아
쓸 수 없는 편지
그래서 꼭 쥔 연필 한 자루
입 맞추듯 때때로 침을 묻혀가면서
글씨야 예뻐져라 또박또박
또박또박이 제각제각으로 바뀌어
밤을 새는 편지
답장은 없다 다만 창밖에
스산한 찬바람이 낙엽을 굴린다
(그래야지 그래야지)
그래야만 애가 타서 또 쓰는 편지
그것은 타자 쳐서 사진식자로 인쇄하는
홍보용 인사장이 아니다
일대일이다
이쪽도 혼자 저쪽도 혼자
실은 저쪽한테 묻지도 않고 이쪽이 혼자
또박또박 제각제각 밤을 새우는

지금도 창밖에는

답장 없는 스산한 찬바람

낙엽이 굴고 있다

(그래야지 그래야지)

그래야만 애가 타서 또 쓸밖에 없는

편지는 역시 연애편지가 제일이다

뻐꾸기

진달래는 소월이 다 꺾어가 버렸나
엊그제까지 붉게 타던 그것들이
자취 감춘 남산 소월 시비 근처에
땅거미 진다
그 희부연 어스름 속에서
누군가 멀리 저쪽으로 가고 있는 한 사람
보니 머리가 없다
고개를 푹 숙이고 사라져가는 봄의 뒷모습
뿌려줄 진달래도 이젠 없는 그 길목에서
뻐꾸기가 울고 있다 뻐꾹뻐꾹
이어폰으로 귀를 막은 서울 사람들은
아무도 듣지 못하게 소리 높이
뻑뻐꾹 울고 있다

독감

겨우내 앓다가
겨우 한동안 고개 숙인 독감이
다시 도진 엊그제 그날부터
밤마다 마구간 마루판을 차대는
고독한 소란자
달구지꾼 아버지가 물려준
이제는 그때의 아버지보다도 늙은 나귀여
연거푸 쏟아지는 나의 기침이
네게는 온몸에 신열로 퍼져서
우리가 함께 잠을 설치는 요즘 며칠 밤
아니 옛날의 그날 밤
레이더처럼 정확하게 봄을 예감하고
피를 토한 아버지의 기침은
이튿날 어김없이
앞산을 진달래로 붉게 물들였기
내일이면 다시 진달래 피려는가
눈곱 낀 눈에도 열이 올라
숨 가쁘게 코를 불고 퉁탕거리는
너의 옛날 그대로의 발작
융통성 없이 말라빠진

아 이 처치 곤란한 봄의 유산이여

오지 환상

산책길에서 주운 오지 한 조각
버릴까하다 무심코 바라보니
반죽된 진흙이 불을 먹고 있는 오지가마
참나무 장작 활활 타는 그 속에서
이글이글 불덩이로 익은 것이 어느새
차고 딴딴한 그릇으로 굳어 있다.

다시 살펴보니
그중의 작은 뚝배기 하나
잿불 위에 올려져
토장찌개를 데우는 겨울밤 함박눈
호롱불 심지를 돋우는 아낙의
자정을 넘기는 기다림이 거기 있다.

사나이는 새벽에야 집으로 돌아온다.
밤을 샌 그의 충혈된 눈앞에
막걸리를 곁들인 해장국 한 그릇
그리하여 속쓰림과 어둠이 걷혀가는
토방 가득 김이 서리는 뚝배기

사나이는 일어선다.
곡괭이를 을러멘다.
그리고 눈구덩이 속에 묻힌 불
불을 캐러 가는 사나이의 숨결이

아직도 배어 있는 오지 한 조각
땅을 파고 묻는다.

해적

쭈뼛쭈뼛 동네 만홧가게를 기웃대는
수상한 중늙은이
기억이 없지만 그 눈매는
어디서 많이 본 듯한 느낌이다

그러자 갑자기 떠오르는 수평선
해적선 한 척이 그 너머로 가고 있다
소년의 꿈이 뭉게구름처럼 팽창시킨
돛을 올리고

모자가 삐딱한 이물의 사내는
애꾸냐 목발이냐
털보는 망루에
그리고 땅딸보는 보나마나 고물에

해적은 싸운다
싸워서 부상하고 부상하며 이기는
폭풍처럼 거칠고 통쾌한 무법자
졸개들은 엎드려 노나 저어라

그렇게 큰소리친
그러나 한 번도 싸우지도 못한 채
망가져 버린
왕년의 해적 지망자에게 묻는 애가 있다
아저씨 지금도 해적이 있나요?

글쎄다…… 글쎄
(난처할 때도 글쎄란다)
알아서 기는 얄팍한 소시민근성이
멸종시킨 고래여
함몰한 환상의 대륙
아틀란티스의 모험적인 원주민이여

이젠 모두 실직자가 된 해적들이
그래도 그곳엔
아직 더러 나타난다는 소문이 있어
오늘은 쭈뼛쭈뼛
동네의 만홧가게를 기웃댄다

달빛 자명종

달을 쳐다보고 있으면
갑자기
새벽잠을 깨우는 자명종 소리
날카롭게 울린다

눈을 뜬 사내는
두리번두리번 주위를 살펴본다
아무도 없다
비로소 제가 거기 혼자 버려져 있음을 깨닫는
달빛 자명종

그 차디찬 일깨움으로
어딘가 멀리
알지 못할 사람을 그려보곤 했다
그리고 40년

이제는 고물이 다 된 줄 알았더니
느닷없이 또 울려오는 그 소리
멀리가 아니라 바로 등골에
오싹 소름이 끼치는 비명

달빛 자명종

달아 달아 밝은 달아
네가 그렇게 지독할 줄은
옛날엔 정말 미처 몰랐다

숯불

숯불에는 불꽃이 없다

불꽃도 꽃이니까

숯불은 꽃을 피울 가망이 없는 자의 불

꽃이 없으니 열매도 또한

기대할 도리가 없는 자의 불이다

가진 거라야 오직

시커먼 절망의 작은 뭉치들

아니 보다 솔직하게 말하면

한때 기세 좋게 타오른 참나무 장작의

타고 남은 찌꺼기

그 주제에 그래도 불은 불이다

완고한 미신처럼

또는 구시대의 우직한 가난뱅이처럼

몸 하나로 때우는

그러므로 거기에는 기교가 없다

어찌 보면 섬뜩하고 어찌 보면 처량하다.

이명증

나의 귀는 소라껍질
꼬불꼬불한 미로의 터널이 그 안에 뚫려 있다.
간교한 소시민근성이 어느 날
그 안에 작은 악마 한 마리를 가두고
고막으로 출구를 봉쇄해 버렸다.
악마도 갇히면 별수 없는 듯
힘없이 울어대는 날이 있다.
앵앵앵 위잉위잉 이명증이여.
다시 들어보니
아뿔사 그것은 악마가 아니라
가을밤 모기처럼 쇠약해진 내 꿈의 흐느낌.
그래도 제 딴엔 안간힘을 다해
가증스런 소시민근성의 추종자
나의 안면을 방해하고 있다.
아 너 아직 명맥은 살아 있구나 꿈이여.
병은 아니라고
다만 병적 증상일 뿐이라고 안심하라고
웃기는 동정적 진단이 떨어진 이명증이여.

잊혀진 싸구려

나를 팝니다
이왕 버린 몸 딸린 것도 모두
몰아서 몽땅 싸구렵니다

이젠 다 팔았다
까짓것
차라리 속이 후련하다

뒤돌아보니 거기
그것만은 잊혀져 그냥 남은 싸구려
길게 목을 늘인 석양 속의 그림자

쓸쓸하단 말은
아무도 차마 입 밖에 내지 못한다

즐거운 내 집

달팽이는 집을 떠메고 다닌다
실은 집에 갇혀 사는 한평생
위대한 습관의 힘으로 느릿느릿
태평스런 하루를 보내고
밤이면 역시 두 다리 뻗고
그 집에서 잠든다
오 즐거운 내 집이여!

그러나 잠만 들면 몰래 불러들이는
복면의 심복 꿈이 있다
이를테면 그 집 내동댕이쳐버리고
알몸으로 탈출하는 꿈
막는 자 있으면
날카롭게 뿔을 세워 좌충우돌
홈런 한 방으로 그 위기의
구회 말 이사만루를 싹쓸이하는 꿈

웃기는구나
웃기는 일인 줄 알면서도 글쎄
웃지도 않는구나

웃기는구나

이튿날 달팽이는
그렇다 웃지 않고 천연덕스럽게
시침을 떼고 있다
흥얼대는 콧노래 즐거운 내 집……
간밤에 꿈이 건네준 비수는
아무도 모르게 아무도 모르게
어제 그대로 즐거운 내 집이여!

찔레꽃

깜부기로 무섭게 수염을 그린
용감한 전사가
혼자 살금살금
보리밭 밑을 멀리 기어 돌아
적의 후방을 기습했을 땐
적진은 이미 텅 비어 있었다.
아군도 없었다.

나올 만한 때 나오지 않는 애는
내버려 둔 채
저희들끼리 전쟁을 끝내고
모두 어디론가 철수해 버린 조무래기 병정들.
갑자기 낙오병으로 전락한 나는
다친 데도 없이 다리를 절었다.

돌아오는 보리밭둑 군데군데
무더기로 피어 있던 하얀 찔레꽃
외롭다는 말조차 알지 못했던
그날 그 주체할 수 없었던 외로움이
오늘은 찔레꽃으로만 되살아나

아 실로 하얗게 어지럽다.

제5부
거시기 머시기

E · T

너들 자전거엔 바퀴가 없다
바퀴 없는 자전거를 하늘로 띄우는
바람의 바퀴
무지개를 타고 간다

이쪽 언덕에서 저쪽 언덕으로
빛살처럼 바로 직통
마음에서 마음으로
바퀴 없는 자전거의 빛살 바퀴

없다 하면 너들은 아무 데도 없다
전자망원경도 소용이 없다
그러나 별처럼 또렷한 너들
별이 별끼리 직통하는 너들

시든 꽃을 어디 물 줘 살리나
하물며 병든 아이 약으로 살리나
바로 직통 마음 하나로
마음을 살려내는 너들 숨결

그런 너들을
괴물로밖에는 그려내지 못하는
한심한 우리 동네
지구촌의 이 식어버린 땅덩이를
오늘은 무더위가 짓누르고 있다

화형

공터 한구석
휴지와 종이컵이 어지럽게 흩어진 그곳에
난잡한 놀이꾼들의 유린을 모면한
민들레 한 송이
조그만 기적처럼 피어 있다.

이튿날 새벽
청소를 자청한 봉사의 비질이
공터의 쓰레기를 모두 그쪽으로 모았다.
불을 질렀다.
그 선의의 흐뭇함 속에 감행된
아무도 눈치 채지 못한 참극
화형당한 민들레!

물고기

물고기 한 마리 바위 속에 있다.
약간 휘어진 꼬리와 지느러미
펴고 쑥 앞으로 나갈 채비를 하고 있다.
그러나 한 번도 그러지 않고
거뜬히 2백만 년
그냥 그렇게 버티고 있는 물고기,
시간을 꿀꺽 삼켜버린 물고기,
왜 그러는진 말하지 않는다.
물에 살아 이름이 물고기인 물고기
바위 속에 사는 까닭 또한 말하지 않는다.
온갖 질문과 질문에의 대답을
모조리 봉쇄해 버린 물고기,
뭔지 모르지만 세상엔 분명
침묵이란 것이 있다.
정해진 모양이 없는 침묵의 한 가지 모양
화석 물고기
인간들만 그 앞에서
품위 없이 뭔가를 수군대고 있다.

조화(造花)

그 꽃들은 시들 줄 모른다
뿌옇게 흙먼지를 뒤집어쓰고도
마냥 붉게
마냥 노랗게 피어 있다

집집마다 대문 앞에
그 꽃 한 묶음씩 꽂아 받은 동네 사람들은
아무도 그것을 거들떠보지 않는다
내일이면 시들 꽃을
오늘 뜰에 가꾸기 바빠서

그 동네에서도 시인인 청마는
썩어야지
그리고 삭아야지 하면서
삭은 가루 허공으로
블랙홀로 날리는 시를 쓰고 있다
주량도 여전하다

삭지 못한 자들의 잔꾀가 피워낸
문명의 플라스틱 꽃송이

썩지도 삭지도 않는 그 빨강색 노랑색이

딴엔 그것을 달래고 있는

무덤 속의 죽음보다 처량하다

전천후 산성비

우리 시대의 비는 계절과 무관하다.
시도 때도 없이
푸른 것은 모조리 갉아먹어 버리는
전천후 산성비.

그렇다 전천후로
비는 죽은 구근을 흔들어 깨워서
자꾸만 생산을 재촉하고 있다.
그래서 생산이 넘치고 넘치는
그래서 미처 다 소비도 하기 전에
쓰레기통만 가득 채우는 시대.

쓰레기통에서
장미가 피기를 기다린다고는
누군가 참 잘도 말했다.

한때는 선지자의 예언처럼 고독했던
그러한 절망이
이제는 도처에서 천방지축으로
장미처럼 요란하게 꽃 피고 있는 시대.

죽은 자의 욕망까지 흔들어 깨우면서

그 위에 내리는

시도 때도 없는 산성비.

사람들은 모두 우산을 쓰고 있다.

일회용 비닐우산이 되어버린

절망을 쓰고 있다.

비극이 되기에는

너무나 흔해빠진 우리 시대의 비

대량생산의 장미를 쓰레기통에 가득 채우는

전천후 산성비 오늘도 내린다.

고흐의 마을

말은 한 마디씩
더듬어 찾을밖에 없다
살기 좋은 고흐의 마을에서는
아무도 그런 고생하지 않는다
테이프만 틀면
청산유수로 쏟아지는 말의 자동화 시대
들으나마나다 암기하고 있으니까

이제 귀는 할 일이 없다
빈둥빈둥 혈색 좋게 자라기만 한다
덕분에 귀고리 가게가 번창한다
세공은 날로 정교해지고
사이즈는 날로 커가는 귀고리
무위도식하는 귀의 위신을
절렁절렁 번쩍번쩍 훈장처럼 드높인다

그렇다면 내게는 없는 게 좋겠군
가난뱅이 고흐는
어느 날 제 귀를 잘라 버렸다
귀가 없는 화가의 그림은

대량생산 대량소비
시대를 주름잡는 말에 대한 모독이다
마을 사람들은 등을 돌렸다

한 점도 팔리지 않는 그림 속에서
그날부터 보리밭이
그리고 찌그러진 광부의 구두짝이
말을 하기 시작했다
그것은 가슴 밑바닥을 헤쳐
한 마디씩 겨우 찾는 신음 같은 말
녹음할 도리가 없었다

녹음도 안 되는 그게 어디 말인가?
귀들이 웃었다
그날 밤비가 와서
고흐의 오두막은 예전대로 비가 새고
마을에는 아무 일도 일어나지 않았다

구두

죽은 친구 김 군은
스무 짝도 넘는 외짝 구두를 남겼다
모두 새것을

어릴 때의 소아마비 때문에
한쪽 다리를 절고 산 김 군의
오십 평생의 쓰라림……

주인의 발에 신겨 닳기를 소망한
꿈을 그냥 꿈으로 간직한 채
그 생채기는 아직 새롭다

어느 날 말라카낭궁 신발장에 버려진
2천 켤레가 넘는 여자 구두
역시 모두 새것이었다

신을 수 있는 발에도 신겨보지 못한 채
새것으로 남은 구두의 한……
밤중에 도망친 주인의
성한 맨발은 그것을 모른다

불행 중 다행

이제는 눈물이 죄 말라 버렸는가?
스스로 한심해 눈물 대신
술이나 한잔
그 모래밭에 뿌리려던 그날 오후

뜻밖에도 나는 눈물을 펑펑 쏟고 울었다
아무리 그치려도 그칠 수 없었다
눈두덩까지 벌겋게 부어올랐다

그렇군 아직은 걱정할 거 없군
그러니 그야말로 불행 중 다행
불행은 말고 다행을 위해
자 우리 술이나 한잔

최루탄 말일세 여보게
그 지긋지긋한
그래도 이런 공덕이 있더라네

진달래

사람의 발길 오래전에 끊어진
그 우거진 숲속에
온통 흐드러지게 피어 있는 진달래.

다시 보니 그 속엔
허리에 칼 맞은 사내가
낭자하게 피를 흘린 채 쓰러져 있다.

주위는 겹겹이
철조망으로 차단되어 있다.

사건을 신고할 발견자조차
나타날 리 없는 이곳
피범벅 진달래!

가까이 가지 말게
거긴 한국의 군사분계선
도처에 지뢰가 매설되어 있다네.

거시기 머시기

옛날 옛적에
거시기하고 머시기가 살았다.

언제나 다만 거시기 머시기로
그들은 미워하고 사랑하고
한숨을 쉬었다.

때로는 장이야! 멍이야!
일수불퇴(一手不退)에서 이수용퇴(二手勇退)하는
내기 장기를 두었다.

한 수만 물리자 거시기 머시기
절대로 안 된다 머시기 거시기
오냐 두고 보자와 고소하다를

또 때로는
도스토예프스키의 소설에 나오는 대화보다
긴 토론으로 밤을 새웠다.
새벽까지 계속된 거시기 머시기

절망이 기교를 낳고
수사학이 수사학을 새끼 쳐
드렁칡이 얽히고설킨 만수산을
그들은 단숨에 훌쩍 뛰어넘었다.
그래도 오솔길 골골이 찾아
한 번도 말이 막혀 본 적 없는
그들의 핫라인.

옛날 옛적
거시기 머시기.

폭탄

여기 폭탄 하나 있다.
그것은
안전장치가 소용없는 폭탄.

터지고 싶으면 제멋대로 터져서
한방에
온 세상을 다 날리는 폭탄.

눈물 한 방울보다는 그러나
조금 작은 폭탄.

사람들아 당신 마음
바로 그 폭탄을 안고 사는
제가끔 혼자인 사람들아.

후미진 여기도
그런 폭탄 하나 뒹굴고 있다.

무게

물체는 모두 둥둥 뜨고 있다
액자 속에서 웃고 있는 그녀의 미모와
그녀 남편의 자랑스런 훈장
그리고 막강한 전자광선총
아니 남편 자신이 바로
둥둥 떠서 허우적대고 있는
여기는 우주선!

무게는 없다
 있어도 아무 소용없는 무게의
허망 앞에서
오직 하나 뜨지 않고 가라앉는
마음의 무게여
그로써 겨우 중심 잡고 오늘도
우주선 지구호는 허공 속을 달린다

바다

그 큰 바다를 다 가질 순 없다
알맹이 하나만 내게 다오
그러자 어디선가 뚝 한 방울 눈물이 떨어졌다

이 세상 함대란 함대는 모두 나와서
싸워 봐라 그리고 침몰해 봐라
내가 이렇게 다만 한 방울로
그 바다 자초지종을 요약하리니

눈

하늘에 사는 침묵의 요정들이
이심전심
한자리에 모여 종을 울린다

은으로 만든
안개꽃처럼 작은 종들이 일제히
쟁쟁거리는 겨울밤

그러나 소리가 나서는 안 된다
종소리는 하얀 눈가루가 되어
땅 위의 소리까지 모두 묻어 버린다

아무 소리도 들리지 않는
귀가 멍해지는 소리

베토벤의 데스마스크가 벽 위에서
미간에 깊은 주름을 잡고 있다

귀는 먹고 주름 사이로
그가 혼자 듣는

눈에 묻힌 종소리

독자를 위하여

독자를 위하여

이것은 나의 여섯 번째 시집이다. 이미 나온 시집에서 작품을 다시 가려 뽑아 엮은 시선집은 두어 권 더 있지만 그것은 별도다. 그리고 올해로 나는 시단의 말석에 들어온 지 만 40년이 된다. 일부러 그것을 의식하지는 않았지만 결과적으로는 그것을 기념하는 꼴이 되어 버린 이 시집이 겨우 여섯 권 째라는 사실은 그동안의 내 시의 작업이 나태했음을 스스로 입증하고 있다. 부끄러운 일이다. 흔히 말하기를 시는 양보다 질이라 하지만 쉬지 않고 작품을 쓰고 또 쓰는 정열 없이는 질도 기대하기 어려운 것 아닌가. 그래도 늦게나마 나태했던 자신을 반성하게 되었으니, 자 이제부터 새로 시작하는 거다 하고 혼자 다짐을 하게 된다.

사실 시는 죽을 때까지 언제나 새로 시작하지 않으면 안 될 영원한 탐구의 대상이다. 시에는 어떤 모델도 없다. 어제의 자기 시를 오늘 다시 되풀이하는 자기모방도 금물이다. 아니 영원한 탐구자인 시인에게 있어서는 자기야말로 그 속에 안주하지 말고 뛰어넘어야 할 최대의 장벽인 것이다. 그러므로 시인은 매일 죽고 매일 새로 태어나는 기묘한 인간이라 할 수 있다.

이러한 시인은 결코 어떤 집단 속에 용해되지 않는다. 언제 어디서나 그는 규격 밖으로 비어져 나온 아웃사이더인 것이다. 현실은 질서와 체제라는 이름으로 통하는 규격의 힘에 의해 지탱되고 있다. 규격은 현실을 지배하는 원리인 것이다. 그리고 인간은 누구나 그 현실에 발을 딛고 살도록 되어 있다. 그러나 다른 한편으로는 상상력의 날개를 펼쳐 현실 저쪽의 세계를 꿈꾸고 있는 것도 또한 인간이다. 규격 밖으로 비어져 나온 아웃사이더 시인은 그 꿈을 뭉쳐서 언어의 폭탄을 만들어 던진다. 현실을 향해. 현실을 현실로 대응하지 않고 꿈으로 대응하는, 그러니까 실패할 것이 분명한 이 허망한 작업을 위해 시인은 매일 죽고 매일 새로 태어나는 것이다. 말은 그랬지만 이 시집이 그 일을 과연 제대로 열심히 해낸 결과냐고 묻는다면 도무지 자신이 없다.

시는 5부로 나누었다. 경향이 비슷한 것들끼리 한자리에 앉힌다고 그래 본 것이지만 실질적으로 모양새를 갖춘 정도에 불과하다. 산문 「다시 불꽃 속의 싸락눈」은 자작시 해설로도 읽혔으면 좋겠다.

팔리지도 않는 시집의 출판을 맡아준 '문학아카데미'의 여러 친구들에게 깊은 감사를 드린다.

1990년 4월

이형기

제7시집

죽지 않는 도시

고려원, 1994

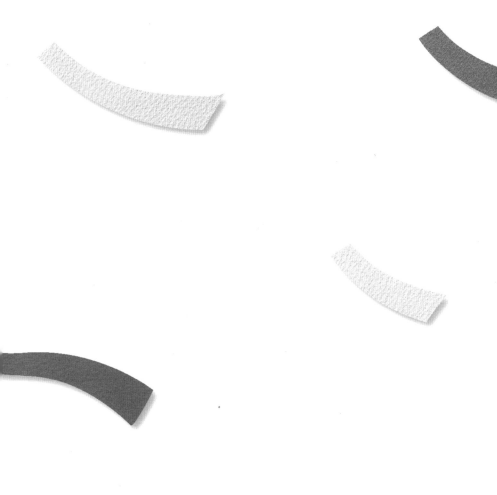

제1부

겨울의 죽음

고도성장 시대의 이 살기 좋은 아파트 단지에서는 겨울도 살찐 부자가 되어 여유가 만만하다. 매일같이 사우나탕에 가서 땀을 빼고 오는 주름살 하나 없는 팽팽한 얼굴에는 언제나 부드러운 미소가 감돌고 있다. 이제 그는 추위를 모른다. 추위란 여자들의 밍크코트를 돋보이게 만드는 조명장치의 불빛일 뿐이다. 개구리도 올챙이를 모르거늘 하물며 이 아파트 단지의 주민들이 옛날 겨울, 배고픈 그 말라깽이를 알까 보냐. 초가집 처마 끝에 진종일 꽁꽁 언 고드름으로 거꾸로 매달려 있기 일쑤였던 그 녀석, 때로는 동사 사고를 일으켰지만 절대로 썩지는 않는 온몸이 시퍼런 뼈였던 그 녀석은 죽어 버린 것이다. 중앙 집중식 난방에 전기난로까지 곁들인 이 따뜻함 속에서야 제 놈이 죽지 않고 배길 수 있겠는가. 추위를 모르는 살찐 겨울, 짠맛을 잃은 소금이 설탕으로 둔갑해서 집집마다 단맛을 가득 채우고 있다. 그래서 이 아파트 단지는 나무로 치면 뿌리에 해당하는 지하의 쓰레기장이 이 겨울에도 푹푹 썩고 있는 것이다.

병아리

달걀의 꿈은 병아리다.
그러나 이 도시에서는
병아리로 부화될 수 없는 달걀만이 달걀이다.

몇 달 전에 망해버린 내 친구 양계업자
빈털터리가 된 그는 이제
외로운 밤시간을 갖게 되었지만
양계장에는 밤이 없다.
밤이면 낮보자 더 강렬한 불빛이
오직 생산!
생산만을 다그친다.

밤은 꿈꾸는 시간
꿈꾸면서 사랑을 나눈다는 관념은
그 양계장
양계장 같은 도시의 번영을 위협하는
불온사상이다.
그리고 암탉들은 실제로
사랑하지 않았기에 더 많은 달걀을 낳는다.

태어날 때부터
병아리로 부화될 꿈의 염색체가 제거된 달걀,
유해한 콜레스테롤의 함량의 극소화
하얗고 깨끗하게 표정도 지워진
우량품 달걀.

병아리는 이 도시 어디에서도 찾아볼 수 없다.
다만 망해 버린 내 친구 양계업자의
외로운 밤시간에 환청으로만
길 잃은 한 마리가 삐약거릴 뿐이다.

죽지 않는 도시

이 도시의 시민들은 아무도 죽지 않는다

어제 분명히 죽었는데도

오늘은 또 거뜬히 살아나서

조간을 펼쳐든 스트랄드브라그 씨의 아침 식탁

그것은 위대한 생명공학의 승리

인공합성의 디엔에이 주사한 대가

시민들의 영생불사를 확실하게 보장하고 있다

교통사고로 머리가 깨어진 채

오토바이의 액셀러레이터를 밟아대는 젊은 폭주족

온몸에 암세포가 퍼져서

수술한 배를 그냥 덮어버린 노인이

내기 장기를 두다가 싸운다

아무도 죽지 않기 때문에

장사를 망치고 죽을 지경인 장의사 주인도

죽지 않고 살아서 계속 파리를 날린다

1년에 한 살씩 나이를 먹는다는 계산은

전설이 되어버린 도시

얼마나 오래 살았는지

누구도 제 나이를 아는 사람이 없다

젊어도 늙고

늙어도 늙고

태어날 때부터 이미 폭삭 늙어서

온통 노욕과 고집불통만 칡넝쿨처럼 칭칭

무성하게 뻗어난 도시

실연한 백발의 노처녀가 드디어 목을 맨다

그러나 결코 죽을 수는 없는

차가운 디엔에이의 위력

스스로 개발한 첨단의 생명공학이

죽음에의 길마저 차단해버린 문명의 막바지에서

시민들의 소망은 하나밖에 없다

아 죽고 싶다

* 스트랄드브라그는 『걸리버 여행기』에 나오는 영생불사하는 종족의 이름이다.

석녀(石女)들의 마을

내 소싯적 벚꽃놀이 때는
꽃나무 밑에 서면 웅웅대는 벌들의 날갯짓 소리
온몸 후끈후끈 달아오른 꽃들은 그 소리에 홀려
자궁을 활짝 열었다
그리고 황홀한 꽃가루받이의 집단 오르가슴
부끄러움이 없었다

오늘 이 과수원에도
만발한 사과꽃들 토플리스로 치장하고 나서서
소싯적 그때처럼 홀려대는 그 소리 기다리고 있건만
벌 한 마리 날아오지 않는다
아 활짝 열어만 놓고
아무것도 받아들일 게 없는 그녀들의 자궁
무참한 부끄러움!

꽃들이 모두 석녀가 되어버린 마을
위생적으로 멸균처리가 된 무기질 침묵
침묵만 가득 찬 마을 한복판에
심약한 레이첼 카아슨* 여사가 새파랗게 질려 있다
가을에 사과가 열지 않으면 어떡하지요?

걱정도 팔자군, 수입하면 그만이지!

* 레이첼 카아슨 여사는 1964년에 세상을 뜬 미국인으로서 『침묵의 봄』의 저자이다.

6백만 불의 인간

6백만 불의 남자와 6백만 불의 여자
그 두 연인은
알다시피 우리 시대의 조립인간이다
눈도 귀도 고성능 전자제품
어둠을 투시하고 십 리 밖 속삭임을 듣는다
그리고 그 모든 정보를 종합 처리하는
고성능 전자두뇌
뚜뚜뚜……하고 자동으로 작동한다
우울증이나 심술이나
욱하고 치미는 파괴적 충동 같은 것은
어딘가 장기가 고장 난 증거
병원이 아니라 조립공장으로 달려가서
문제의 장기를 갈아 끼우면 된다
그리하여 미움도 싸움도 모르는 두 연인
전기의 볼테이지만 높이면
사랑의 농도가 얼마든지 진해지는 두 연인의
합이 1천2백만 불짜리 행복
그러나 그것은 너무 쉽게 얻어서
귀한 맛이 전혀 없는 행복
하루만 지나면 단물이 모두 빠져

쓰레기가 되는 행복

짜증을 내고 싶지만 아뿔싸

짜증내는 장기는 아무 데도 팔지 않는다

여름이 없는 여름

여름이 되어도
이 도시에는 여름이 없다
있다 한들 그 더위를
비지땀 범벅으로 여름답게 일하면서
온몸으로 체험할 사람이 없다

서로 뒤질세라 마이카를 몰고
시민들은 바다로 산으로
휴가 여행을 떠나버린 것이다

인적이 한산한 도심지
밀집한 고층 빌딩의 이 방 저 방에선
에어컨의 찬바람에 사레가 들려
잘못 찾아온 여름이 재채기를 하고 있다

그렇다 여름 대신
콧물 나는 냉방병이 창궐하는 이 도시

숨이 턱에 닿는 불볕 속에서
그러나 풋과일이

말없이 가을의 단맛을 저축하는
힘겨운 인고의 여름은 어디 있는가

아 저기 캘린더 속에 숫자로
그리고 여행사의 광고 포스터 속에
화려한 원색의 바캉스 상품으로
이 도시의 여름은 있다

우체부 김 씨

이 도시에는
편지를 쓰는 시민이 아무도 없다
전화를 두고
팩스를 두고
성가시게 편지는 무슨 편지

하지만 우체부 김 씨의 우편낭은
산타클로스의 선물 푸대보다 더 크다
그 속에 가득 찬
안 사면 손해인 소비자의 복음
홍보용 인쇄물

공짜로 줄 듯한 모델 아가씨의 미소와
모시는 말씀 알리는 말씀
말씀만 쏙 빠지게 다듬어낸 활자들은
마음이 없기에 어떤 마음도 가질 수 있다
마음이 어디 밥 먹여 주는가!

우체부 김 씨에겐
루돌프 사슴이 모는 썰매가 없다

그래도 매일 크리스마스 같은 우편낭을
꼽추 콰지모토의 등에 난 혹처럼 메고
찾아오는 김 씨

편지를 쓰지 않으니 받을 편지도 없어서
누구도 김 씨를 기다리지 않는 이 도시
다만 쓰레기통만이
공짜로 줄 듯한 상냥한 아가씨와
모시는 말씀 알리는 말씀으로 가득 차 있다

고독한 달걀

달걀이 하나 썩어가고 있다
칼라사진으로 신문이 알려준
노른자 한복판이 시커멓게 꺼져버린 달걀
웬일인가 했더니

그것은 머나먼 우주의 한 모퉁이
'남극 상공의 파괴된 오존층'이라고
암호문 같은 설명이 붙어 있다
허 참 그런 달걀도 있었나?

이 도시의 달걀은 썩지 않는다
어미닭의 뱃속에서 이미
항생제를 듬뿍 먹고 나온 힘센 콜레스테롤
썩을 도리가 없는 달걀

신문은 하루만 지나면 구문이다
이튿날 시민들은 모두
달걀의 이상한 구문 깨끗이 잊고 매연 속으로
새로 또 매연을 뿜어대는 출근길 바쁘다

아 하루 만에 잊혀져

저 혼자 고독하게 썩은 눈으로

썩지 않는 지상의 달걀을 내려다보고 있는

남근 상공의 오존층 달걀

비오디 피피엠

이 강물은 썩지 않았다.
의심나면 보아라 비오디 피피엠.
소수점 아래 영이 한두 개 더 붙는
언제나 기준치 이하로만 맴도는
이 정밀한 검사 결과를.

강변에는 오늘도
죽은 물고기들 허옇게 떠오르고 있다.
하지만 무슨 걱정인가,
비오디 피피엠은 과학적인 사실
물고기는 과학을 뒤집지 못한다.

강변에 사는 주민들도 실은
그게 뭔지 잘 모르는 비오디 피피엠,
모르니 따져볼 흥미도 없는
커다랗게 구멍 뚫린 무관심의 공백 속에
면죄부처럼 활개 치는 비오디 피피엠.

그래야 경제가 발전한다,
비오디 피피엠.

물보다 물 사먹을 돈이 더 좋다,

비오디 피피엠.

몽골 샤먼의 진언처럼 주술성이 강한

비오디 피피엠의 마취효과.

물고기는 죽거나 말거나

중금속 폐수에 맹독성 농약과 개숫물

지천으로 흘러들거나 말거나

비오디 피피엠은 끄떡없이 버틴다.

이 강물은 썩을 리 없다.

* B.O.D.는 수질정화를 위한 생화학적 산소요구량. ppm은 백만 불률이다.

폐차장에서

이제는 아무 쓸모없이 망가져

이 폐차장에 모두 버려져 있다

그러나 우리는 죽지 않았다

죽음을 살고 있다

미심쩍거든 가까이 와서 봐라

저마다 눈알이 빠진 헤드라이트

불길한 동굴처럼 퀭하게 뚫린 우리의 두 눈을

다시는 불을 켤 수 없기에 우리는

이 세상 모든 불이 꺼져버린 그날을 보고 있다.

그것은 쇠로 된 시체들이

쇠로 된 거대한 무덤 하나로만 가득 차 있는

문명의 폐허

그리고 우리가 거기서 와 거기로 돌아가는 우리의 고향

미래의 그 황량한 벌판에 짙게 깔린 어둠을

눈알이 빠진 두 눈으로 뻐끔하게

아니 확실하게

지금 우리는 꿰뚫어보고 있다

버려진 미인

시원한 해풍에 긴 생머리를 날리는
비키니 차림의 아가씨가 상냥하게 손짓하고 있다
어서 오세요
이 쾌적한 낙원
가슴이 탁 트이는 바닷가로 오세요

여름내 장마로 장사를 망친
파산한 여행사 텅 빈 사무실 벽면에
실은 혼자 버려져 있는 미인
추워도 옷을 입을 수 없고
울상을 지어서도 안 된다
명령자는 잠적해버린
상업주의의 냉혹한 명령이 그녀를
거기에 묶어 놓았다

창밖에는 추적추적 9월의
마지막 금요일을 적시는 가을비
이왕 망했으니 이거나 하고
돈이 안 되는 쓸쓸함만을 가득
거리에 흘려보내는 가을비

코끼리와 나그네

한 나그네
인도의 오지 정글에 가서
늙은 귀머거리 코끼리를 만난다
보자니 그는
테크노피아의 위생적인 살충제가 멸종시킨
귀뚜라미의 마지막 한 마리
들리지 않는 코끼리의 귓바퀴에 올라앉아
열심히 열심히 혼신의 힘으로
가을을 울어주고 있다

우리 시대의 꿈

때는 봄
백화점의 바겐세일을 알리는
커다란 애드벌룬 하나
하늘에 떠 있다
아무도 사고팔고 할 수가 없는
완전한 비매품
그 절대 공간도
이제는 그냥 비워둘 수가 없는
대매출광고!
누가 꿈이 없는 시대라 하는가?
꿈은 여기 가득 차 있다
깨끗한 포장에 예쁜 리본까지 매고
팔리기를 기다리고 있는 크고 작은 꿈들이
커다란 애드벌룬 하나 하늘에 띄워서
사람들을 손짓하는 이 봄
팔 수 없는 꿈은
청소차가 새벽에 다 실어가 버린다

메갈로폴리스의 공룡들

대량생산 대량소비로 흥청대는
행복한 시민들은 버리는 것도 많다.
먹고 버리고 쓰고 버리고
또는 먹지도 쓰지도 않고 그냥 버리는
쓰레기, 쓰레기, 쓰레기.
쓰레기의 거대한 산더미에 깔려서
폐기장은 배가 터져 죽었다
그래도 또 쌓이는 쓰레기 쓰레기
도시의 외곽에는 이제 빈터가 없다.
어느 날 문득 둘러보니
도시는 이미 완전히 포위되어 있었다.
한 발 한 발 거리를 좁혀오는 막강 쓰레기 군단.
함부로 버려진 그날의 원한을
쓰레기는 잊은 적이 없다.
냉혹한 복수의 찬 피, 무표정
고도문명 시대의 메갈로폴리스에 되살아난
보라 저 공룡의 무리들!
자칭 호모사피엔스는 그 앞에서
벌거벗고 떨고 있다.
떨고만 있다.

고엽제

고엽제를 뿌려서
나뭇잎 모두 말라버린 정글은
장마철마다 온몸 흠뻑 물에 불려 십 년
조금씩 푸르게 되살아났다.

고엽제 뿌린 시계 훤한 정글에서
잘 싸워 훈장 탄 분대장 김 상사
팔다리 온 삭신 원인 모르게 시들어
십 년째 앓다가 어제 죽었다.

어느 공원

덩치가 너무 커져서
제힘으론 감당할 수 없을 만큼 커져서
마침내 멸종한 공룡들이
산책을 즐기는 이 공원

원래는 번성하는 도시였다 한다
없어서가 아니라 많이 가져서
더 많이 가질 필요성만 자꾸 찾아낸
영리한 인간들이 세운 거대한 욕망의 집산처……

잠도 자지 않는 집들을
더 크게 더 높이
하늘로 하늘로 치솟아 올린 철근콘크리트가
그 자체의 무게에 짓눌려
공룡처럼 스스로 자멸한 도시
그 폐허

이제는 공원이 되어 있다
아무도 찾아오지 않기 때문에
2억 년 전의 공룡들이 되살아나서

어슬렁어슬렁 추억을 되새기며
산책을 즐기는 이 공원

인간들아 너희들이 없어도
지구는 이처럼 평화롭게 건재한다

8월의 눈

영치기 영차
그야말로 개미처럼 부지런한 개미들이
총파업을 단행했다

사장도 안 되고
노동부도 안 되고
여왕개미가 직접 나서서
그 번들번들한 허리를 굽혔지만
소용이 없다

돈이 아닙니다
아무리 벌어봤자 올겨울엔
우리 집에 동냥 올 베짱이
목발 짚고 헌 바이올린 멘 키다리
그가 없어요

개미들의 파업투쟁의 현장
베짱이를 몰살시킨 이 도시의
진땀나는 8월
아스팔트 위에 눈이 내린다

푸실푸실 녹처럼 부스러지는

갈색 산성눈이

라면봉지

간편합니다
1분이면 됩니다

과정은 없고 결론만 있다
오냐 엑스냐

얼른 먹고 얼른 차는 배만 있다
천천히 씹어 먹는
미각은 없다

사랑은 없다
그 짓하는 그 행위만 있다

바빠서 바빠서
어디로 가는지는 생각할 게 없다
그저 바빠서 돌아가는

그 회오리바람에 날려서
온 도시 뒤덮는 우리 시대의
라면봉지

서울로 이사 온 밀레의 이웃

농사를 지어서는 살 수가 없다.
전원은 그림 속에 버려두고
사람은 빠져나와 도시로 가자.
밀레의 마을 바르비종에서도
마지막 남았던 농사꾼 부부
폐농하고 서울로 이사를 와서는
별수 있나, 손에 익은 〈이삭 줍기〉
난지도에서 쓰레기를 주워 생계를 잇는다.
그래도 해가 지면
예전대로 일어서서 고개를 숙이지만
〈만종〉 소리 어디서도 들려오지 않는다.
배경에는 멀리 도심에 용립한
고층, 고층,
또 고층빌딩……
기나긴 그림자를 난지도까지 뻗쳐서
밤보다 먼저
그들을 어둠 속에 삼켜버린다.

* 〈이삭줍기〉와 〈만종〉은 널리 알려진 밀레의 작품 제목.

제2부

신 만전춘

얼음 우에 댓잎자리 보아
님과 나와 얼어 죽으려고
한겨울 이 밤 더디 새라 했더니
그리하여 가슴 저리는 사랑노래
애절한 꿈으로 하나 남기려 했더니
아서라 말아라
때는 바야흐로 지구 온난화시대
거대한 그 온실 안에서는
아무 데도 얼음이 얼지 않는구나
아희야 댓잎자리 치워라
님과 나와 택시 잡아타고
포근한 러브호텔 침대로 가리니

까마귀

이 도시에는 이제 까마귀가 없다
하필이면 잘 갠 아침나절에 찾아와서
까욱 까욱 까욱
환한 날빛 속에 감추어진 어둠을
재수 없이 쪼아대는
그 불길한 검은 새는 사라졌다

시민헌장에 가로되
첫째도 행복
둘째도 행복
셋째도 행복
그리하여 행복으로만 가득 찬
장밋빛 도시

불행은 얼씬도 못 한다
이중창에 이중자물쇠
그리고 또 고성능 경보장치
고통의 감각은 그 속에서
시민들의 미골처럼 완전히
퇴화해 버렸다

사건 사고는
아무리 커도 하루 만에 잊는다
전쟁쯤이야
안방에서 즐기는 전자오락 게임
그래도 더 많은 행복이 필요할 땐
청소년용 값싼 본드와 부탄
신사숙녀의 품위를 지켜주는 히로뽕
일회용 주사약도 준비되어 있다

하지만 행복은 까마귀의 먹이가 아니다
내 먹이
느닷없는 고통과 불행
도둑같이 찾아오는 죽음의
그 쓰디쓴 소태 한 조각은 어디 있느냐
까욱 까욱 까욱
까마귀는 이 도시에 살 수가 없다

번호

새삼스럽게 이육사를 생각한다
감옥살이할 때 간수장이 붙여준
치욕의 죄수 번호 64를
이름으로 정하고는 시침 뗀 조선 남자
식민지 시대의 불령 시인 육사를

내게도 많은 번호가 있다
슬픔도 치욕도 느끼게 못하는 아라비아숫자
육사 같은 죄수복이 아니라 번드레
차려입고 나서는 외출복 안주머니에 언제나
예닐곱 개는 들어 있는 번호들
리모컨처럼 나의 갈 길을 지시한다

주민등록번호
온라인 번호
플라스틱에 양각된 신용카드 번호
예금통장 비밀번호
운전면허증 번호
전화번호
그리고 나는 모르고 있지만

한평생 내 발목을 잡고 있는 납세자 번호

너무 많아서 이름으로 쓰자고
하나만 골라낼 재간이 없다
아니 실은 너무 많아서
이미 있는 이름까지 그 속에 파묻혀 없어져 버려서
하나만 빠져도 이제는 도리어
내 일상의 맞물린 톱니바퀴 멈추는 번호

육사의 번호는 이름이 되어
고통과 슬픔을 긍지로 바꾸었다
하지만 나의 번호는
긍지가 필요 없는 익명의 기호
컴퓨터의 소프트웨어는
이름이 아니라 숫자라고 차갑게 말한다.

전쟁놀이

밤하늘에 온통 꽃불이 터진다
누구를 위한 무슨 축제인가

발사!
꽃불 1호
스커드 미사일

발사!
꽃불 2호
패트리어트 요격 미사일

애 어른 할 것 없이 모두
그 실황중계에 넋을 잃고 있는
스릴 만점 우리 시대의 전쟁놀이

전사자는 없다
TV카메라가 잡아주지 않는 한
있어도 없는 허깨비들이여

다만 걸프만의 물새 몇 마리

애교로 양념으로
시커멓게 원유범벅이 되는 봉변

우리 시대의 전쟁놀이는
그래서 더욱 흥행성이 높다
누구를 위한 무슨 축제인가

깡통에서 나온 아이들

그 아이들은 깡통에서 나왔다.
엄마와 아빠의 만남의 실수
실수를 바탕으로 미화한 어느 날의 충동은
출생의 요건이 되지 않는다.

깡통에서 나와서 먹는 것도 깡통.
골치 아픈 생각은 할 필요가 없으니
건너뛰어 버리고 막바로 행동하는 깡통.
감각이 그대로 가치로 직결되는
우리 시대의 편리한 깡통 아이들.

내용은 물론 규격화되어 있다.
그리고 그것을 자동으로 배합한 진공포장
아이들은 그냥 까먹기만 하면 된다.
일체의 중간과정이 생략된 깡통
그러고도 대답은 언제나 정답인 깡통.

그러므로 깡통은 속전속결이다.
승리는 틀림없이 보장되어 있다.
고통스레 등산은 왜 하는가.

케이블카로 편안하게 앉아서 정상을 정복하는 깡통.
실패는 없다. 설령 있다 해도
그것은 실패하게 만든 쪽 잘못이다.
내게는 아무 잘못이 없다.

행복한 깡통
행복밖엔 아무것도 모르는 깡통
먹고 먹고 또 먹고
끊임없이 빈 깡통 내버리는 새 깡통
마침내는 쓰레기의 산이 되는 깡통.

그 아이들은 깡통에서 나왔다.
실수나 괴로운 중간과정은 모조리 건너뛴 채
기성품 정답으로만 있는 아이들
그리고 아아 그것뿐인 아이들이 거리에 넘친다.

물구나무서기

어릴 때 나는 물구나무서기를 즐겨했다.
그렇게 서서 보면
하늘이 땅, 땅이 하늘
공부를 팽개쳐도 1등이 꼴찌 되고 꼴찌가 1등 되는
그 재미에 홀렸다.

세 살 적 버릇 여든까지 아니냐.
진보할 리 없는 아메바의 눈물의 원형질이
오늘 나의 뇌세포를 세차게
추억의 또는 허무의 물거품으로 휩쓸어가는
그 바다 밑에는 산이 있다.

챌린저해연
엠덴해연
부레에 커다란 산소통을 달고 심해어가
피켓을 박는 그 빙벽의 정상은
지상의 최고봉 에베레스트보다
확실히 2천 미터 이상이나 높다.

높이가 아니라 깊이라고?

그래서 이름도 해연이라고?
그렇다면 이 여름 풀잎으로 만든
조각배 한 척 태평양 복판으로 저어나가
물구나무를 서봐라!

머리 위에 아득히 솟아 있는
챌린저산, 엠덴봉우리
그리고 발밑에 거꾸로 박혀 있는
히말라야해구의 에베레스트해연
캄캄한 수심!

아직도 나는 공부를 팽개치고 물구나무를 선다.
고통은 붉은 루비
희망은 쓰레기
말이 되지 않는 말로 위아래를 없애고
권태를 완성하는 그 재미에 홀린다.

마음 비우기

이 도시의 유행은 마음 비우기
애 어른 할 것 없이 시민들은 모두 마음을 비워서
싸울 일이 없다
그래서 날마다
누가 더 마음을 비웠나 보자 하고
싸움이 끊이지 않는 도시

싸움하는 사람은 즉 싸움하지 아니하던 사람이고 또 싸움하는 사람은
싸움하지 아니하는 사람이었기도 하니까 싸움은 곧 싸움하지 아니함이 아
니냐 하고 싸움구경 하기를 권고했던 이 도시 출신의 시인은 정작 싸움구
경 해 보지 못하고 요절해 버렸다

하도 많이 비워서
마음은 이제 썩은 개값이 되어 버린 도시
그래도 아직 그 마음 붙들고 있는
유행에 뒤진 미련한 탐욕자들만이 싸우지 않는다
아니 싸울 자격이 없다

* 제2연의 전반부는 이상의 시 「오감도 시 제3호」의 인용이다.

시의 나라

이 나라는 과연 시의 나라다
그래서 시인들은 죽는 날까지
하늘을 우러러 한 점 부끄러움이 없다
그래서 또 아무 걱정도 없어서
잎새에 이는 바람 보고나
감미롭게 모범적으로
괴로워하고 있는 시인들에게
사춘기의 소녀들이 오빠 오빠 소리를 지르면서
열광적으로 몰려오고 있다
이 나라 시의 나라

세상이 가도 가도 부끄럽기만 한
종의 아들과
달밤 보리밭에서
애기 하나 먹고 우는 문둥이는
그러므로 결단코 시인이 아니므로
시의 나라 국민 여러분 안심하시라

장님 아나롯다

장님 아나롯다는
아무것도 볼 수가 없다
그렇기 때문에 보이지 않는 것은
무엇이든 다 보이는 아나롯다
사바티의 성장하는 지엔피와
그것을 또 거품으로 부풀린 흥청거림이
어제의 바람으로 먼지를 날리는
먼지의 찬란한 빛살을 보고 있다
어제랄 것 있나 내일도 모레도
그렇게 바람 부는 그날이 그날
거리를 가득 메운 자동차의 행렬이
비켜라 비켜라 경적을 울려댄다
실은 이미 비켜서
걸식에 나선 장님 아나롯다
이번에 공치면
오늘도 하루를 굶을밖에 없는
일곱 번째 집이 어디냐고 더듬는 그의 지팡이
소말리아에서 아사한 아이들과
그 아이들을 앵벌이로 내세운
무장한 소말리아 군인들이 그를 뒤따라가고 있다

그들을 뒤돌아보는 꺼진 눈자위 밑에
아무것도 해결해 줄 수 없는
깊은 슬픈 침묵의 호수 하나 잠겨 있는 아나룻다
그날 밤 사바티의 시민들은
텔레비가 펼치는 코미디의 재미에 정신이 빠져서
만사를 잊고 아하하 아하하
배꼽을 잡고 웃는다
너무 웃어서 눈에 찔끔 눈물이 어리는 사람도 있다

* 장님 아나룻다는 석가모니의 제자이며, 사바티는 고대 인도 코살라국의 수도이다.

우리 시대의 소

우리 시대의 소는
달구지를 끌지 않는다
쟁기질도 모른다

할 일은 모두
경운기한테 빼앗겨 버린 채
다만 먹고 또 먹는다
풀이 아니라 여물이 아니라
살찌는 약이 섞인 배합사료를

20년대의 소는
금빛 게으른 울음 해설피 울었다고
헛소문을 퍼뜨린 시인이 있었지만
요즘은 먹고 살찌기가 바빠서 울 새도 없다
다만 몸무게 하나로만 말하는
우리 시대의 소 비육우

그래도 모자라서
진짜 먹는 일이 아직 남아 있다
그것은 이 세상 마지막 가는 날

목구멍 깊숙이 호스를 디밀고
수도를 틀어대는 인간들의 잔혹성
배가 터지게 물먹는 그 일이 남아 있다

달의 자유

이 아파트 단지에서는
아무도 달을 쳐다보지 않는다
증권시세표가 아닌 달
텔레비전 연속극도 아닌 달
더구나 화염병도 최루탄도 아닌 달
그래서 달은
대낮에도 15층 옥상에 내려와서
나물 먹고 물 마시고
팔을 베고 누워서
오 자유여
이제야 제 시간 제 맘대로 즐기는
실업자가 된 달의 자유여

두 공장

큰길 하나 사이하고
두 공장

이쪽에선 한 시간마다
행복 한 세트씩

저쪽에서도 역시 한 시간마다
영이별 하나씩

바가지를 씌워도 군말 없는
품질 좋고 포장 좋은 필수품

생산은 전과정 자동시스템
잘도 돌아간다

불황을 모르는 두 공장
예식장 영안실

것봐 그래봤자

구두를 사려고
명동의 구둣가게에 들렀다
반짝반짝 윤이 나는 새 구두들이
우루루 몰려나와
진열대가 텅 비어버렸다

비어버린 진열대에
아직도 흙이 좀 묻어 있는 고구마
고구마 같은 맨발과
맨발의 마라토너 키 큰 아베베의
구두밑창보다 두꺼운 발바닥과
구두약 상표에서 도망쳐 나온 키위 한 마리……

구두를 사는 대신
그들과 어깨동무를 하고 집으로 돌아왔다
오는 길에 근황을 물어보니
아베베는 교통사고로 휠체어 신세를 지다가
죽은 지 오래였고
고구마의 맨발은 산업사회의 이농민이 되어
도시의 뒷골목을 방황하는 중이었다

다만 우리 집 신발장 밑에
날개 없는 새
키위 한 마리
오도가도 못 하고 전대로 웅크리고 있었다

"것봐 그래봤자 별 수 없다구"
이것은 이튿날 아침
반짝반짝 윤이 나는 명동의 새 구두가
출근길에 집어든 조간의 사설이다

빗속으로 떠나는 가을 여행

숲을 다 베어내고

거대한 콘크리트 숲을 새로 세운 이 도시

물기가 필요 없는 건조한 도시에

그래도 가을이 왔다고 오늘 밤

비가 내린다

보이지는 않고 소리로만 오는 비

한 줄기는 바늘

다른 한줄기는 실이 되어

오는 대로 어둠을 기워가고 있다

이 도시의 재봉사는 누구도 알지 못하는

그 은밀한 바느질 솜씨에

하늘과 땅

어둠으로 하나 되어 비에 젖는 가을밤

그리고 되살아나는 환상의 숲

아직 태어나지 않은 아이와

이미 죽은 노인이 그 숲을 찾아

빗속으로 먼 여행을 떠난다

행복한 시민들이 행복을 즐기는 덴 방해가 된다고

문밖으로 내쫓아버린 갈 곳 없는 적막이

멀어져가는 그들을 몰래 배웅하고 있다.

제3부

모래

모래는 모두가

작지만 고집 센 한 알이다

그러나 한 알만의 모래는 없다

한알한알이 무수하게 모여서 모래다

오죽이나 외로워 그랬을까 하고 보면

웬걸 모여서는 서로가

모른 체 등을 돌리고 있는 모래

모래를 서로 손잡게 하려고

신이 모래밭에 하루종일 봄비를 뿌린다

하지만 뿌리면 뿌리는 그대로

모래 밑으로 모조리 새나가 버리는 봄비

자비로운 신은 또 민들레 꽃씨를

모래밭에 한 옴큼 날려 보낸다

싹트는 법이 없다

더 이상은 손을 쓸 도리가 없군

구제불능이야

신은 드디어 포기를 결정한다

신의 눈 밖에 난 영원한 갈증!

마지막 희망

심부름센터에 부탁하면
이런 일 저런 일 다 대신해준다

시험지옥에는 대리시험
학위논문도 물론 대신 써준다

관공서에 가면 그는 그림자
믿을 수 있는 확실한 실체는
그를 대신하는 주민등록증이다

다른 사람의 소송대리인 되려고
열심히 공부하고 있는 수재들

아들딸 낳고 싶으면
대리모와 정자은행에 연락하시오

살인도 대신해주려고
살인청부업자가 기다리고 있다
값이 좀 비싸지만

그러나 죽는 것만은
누구도 대신해주지 못한다
내가 직접 죽을밖에 없다

아 안심이다
그래도 내가 꼭 나라야만 되는 일
마지막 희망 하나 아직 남아 있으니!

과녁

황량한 사격장에서
그는 언제나 알몸으로 서 있다

더 이상은 보여줄 게 없는 전부
그의 맨가슴

여기다 여기
동그랗게 표를 해놓은
심장은 바로 여기 있다

단 한방으로 정확하게
그 한복판을 꿰뚫어라 총잡이여
마카로니 웨스턴의 냉혹한 장총이여

깨끗한 명중
온갖 고통이 선혈로 꽃 피는
그 완벽한 허무의 순간

그때를 기다리며 그는 오늘도
알몸 맨가슴으로 사격장에 서 있다

독주

쓸쓸함으로 밀 한 됫박
맷돌에 갈아서 누룩을 만든다
헐어서 짓물린 가슴에
그 누룩 비벼 넣으면
파랗게 인광처럼 살아나는 쓸쓸함
또 다른 많은 쓸쓸함 불러 모아
암세포처럼 증식하는 쓸쓸함
내 온몸 부걱부걱 괸다
내 온몸 펄펄 끓는다
그리하여 백 년 하루해가 저무는
세기말의 서천에 시뻘건 노을
진하게 진하게 번져가는 열병
아 나의 부패성 해체여
드디어 내가 없어진 자리에
어디로 왔는가
한 동이 독한 전국술 있거니
이 세상 쓸쓸한 사람들 모두 와서
이 술 먹자
밤새 서로 등 돌리고 앉아서
아무 말 말고 이 술 먹자

장미의 계절

거름도 별로 주지 않았는데
올해는 장미가 유달리 탐스럽네!

실은 작년 가을
디스템퍼로 죽은 복돌이 시체를
내가 그 근처에 묻은 줄도 모르고
마누라는 탄성을 지른다

썩어서 거름 되어
오늘은 장미로 되살아난 복돌이
너 참 반갑다

너보다는 대여섯 배 덩치 큰 나도
이왕이면 장미 뿌리 밑에 묻혀서
덩칫값 하는 꿈……
꿈이 떠오른다

저 크고 붉은 장미 한 송이
클로즈업으로 카메라에 잡아서
마누라여 셔터를 누르라

때는 바야흐로 장미의 계절
세상 온통 황홀한 부패성 장미밭!

상처 감추기

시를 왜 쉽게 쓸 것인가
어렵게 어렵게 미로를 만들고
또 시계제로의 짙은 안개를 피워서
그 어느 후미진 행간에
누구도 보아서는 안 될 나의 상처를 감추자

그날부터 나의 두 눈에서는
모래가 자꾸만 흘러나온다
그 모래 쌓이고 쌓여서
가슴에 거대한 사막 하나 펼쳐진다
지금은 우리 시대의 가장 어두운 밤이다

나는 여태껏 말을 믿어본 일이 없다
말의 낙타를 타고 말이 없는 곳
한 마리 방울뱀의 침묵 속에 묻히려고
나는 평생을 일해서 나의 파멸을 벌었다
그것은 단 한 줄의 어려운 시

비밀에는 스스로를 지키는 힘이 있다
차가운 저주가 있다

나의 시를 해독하는 자는
반드시 저 사막으로 쫓겨나 죽으리라
그리고 이 세상 마지막 날까지

끝내 아물 수가 없는 상처
오직 그것만이 우리들 각자의
세계의 폐허 위에 살아남는다
시를 왜 쉽게 쓸 것인가

보들레르

꽃다운 도시 파리를

당신은 하루아침에 우울로 가득 채웠다

그로부터 일백오십 년 동안

세계는 장마전선에 짓눌리고 있다

날씨는 언제나 진종일 흐리고 때때로 비

어느 날 그 하늘에서

항해하는 배의 갑판에 떨어진 알바트로스 한 마리

커다란 날개가 도리어 짐이 되어 뒤뚱거린다

그러나 고통이라는 영약의 힘으로

다시 일어선 당신에게는

천 년을 산 것보다 더 많은 추억이 있다

상처요 동시에 칼

사형수요 동시에 사형집행인

복수의 여신이 제 모습을 비추는

그 불길한 거울 앞에서는

당신을 배반한 위선의 독자만이

당신의 친구였다 이중인(二重人)이여!

꿈은 미래가 아니라 과거에 있다
태어날 때부터
가슴에 비수처럼 꽂힌 뉘우침을 안고
심연으로 몸을 던진 당신은
절망을 확인하는 자멸의 불꽃
또는 권태의 하품을 내뿜는다.

당신의 적이었던 시계는 이제 멈추었다
오늘은 몽파르나스의 공동묘지에서
두 손으로 턱을 괴고
자신의 주검을 내려다보고 있는 당신
싸늘하게 깨어 있는 그 눈동자 속에
지구를 삼키는 세기말의 어둠이 깊다

놀이터 풍경

그는 여기서 이방인이란다
메리 고 라운드
한 바퀴 돌고 나면
이번에는 떠나온 거기가 여기
아무것도 변한 것이 없지 않느냐

지구는 둥글다
한 바퀴 쳐지면 꼴찌가 일등이다
그래서 하느님은 하품을 하고
그래서 개미들은 이런 제기랄
죽기 살기로 쳇바퀴를 돌고 있다

엑스트라

코만치 용사들은
연달아 어이없게 낙엽처럼 죽어갔다

미처 아파할 겨를도 없이
픽픽 쓰러지는 억울한 총알받이……

아니오 아니오
처음부터 그렇게 죽기 위해 동원된
엑스트라요

영화가 끝나고 들어선 골목길
포장마차 옆자리에서
죽은 코만치가 웃으면서 말했다.

그렇다 영화
등장인물 전체가 엑스트라인
인류사란 제목의 장편 영화도 있다

그 초대형 스크린에 잠깐
얼굴이 비치는 그것만도 어디냐

자화상

자화상을 그리자
캔버스를 세워놓고 노려보고 있으면
캔버스는 어느덧
얼굴 없는 하얀 벽이 되어 사방으로
나의 시야를 가로막아 버린다
그리고 벽면에서 에코 효과로 들려오는
하얗게 바짝 마른 목소리
　　나는 네가 누군지 모른다
　　나는 네가 누군지 모른다
줄거리도 장면도 모두 잊어버리고
제목만 무슨 주문처럼 살아 있는
옛날 영화 〈백색의 공포〉!
필름이 낡아서
화면에 주룩주룩 비가 내리고 있다
비도 탈색되어 까실까실 하얗다
그리기도 전에 그 빗줄기에
다 지워져버린 나의 자화상

단순한 꿈

그는 낭만주의자
새로운 내일을 꿈꾸고 있다
그의 좌우명은
저주받은 신탁
— 해 아래 새로운 내일은 없느니라
없기 때문에 꿈꾸지 않느냐
떡갈나무와 개가 결혼을 해서
시인을 낳는 꿈
계란이 한 방으로
북한산 인수봉을 박살내는 꿈
콩고의 빈민굴이 폭설에 묻힐 때
제설제를 팔아서 떼돈을 버는 꿈
섶을 지고 불 속으로
소금짐을 지고 물속으로 들어가서
확실하게 실패하는 꿈
요컨대 그의 꿈은
백지 한 장이 제 허무의 수렁 속에
온갖 색채를 다 빨아들이고 마는
단순한 꿈이다.

타조

늙은 시인의
겨우 모양만 남은 모지라진 날개,
날 수는 없기에 기를 쓰고 달려 보면
거기가 또 하필 사막이다.
깃털 다 빠져 버리고
주름진 맨살 벌겋게 드러난 꼴불견
이름만의 새,
그래도 그 몸뚱이 하나로
식민지 시대의 뙤약볕 속을 내닫는
운수 좋은 날이 가장 슬픈 날이었던
인력거꾼 같은 새.
늙은 시인은 간 곳이 없고
모래먼지 뿌옇게 뒤집어쓴
타조 한 마리
잠시 가쁜 숨을 몰아쉬고 있다.

배반

집에서 기르는 늙은 고양이가 며칠 전에 자취를 감추고 말았다. 네로, 네로 하고 찾던 마누라가 오늘은 단념한 듯, 고양이는 죽을 때가 되어 산중으로 가버린 모양이라고 추연하게 말한다. 미상불 옛날부터 그런 말이 전해져 오고 있다. 그렇다 하더라도 산으로 가려면 우리 집에서는 십리 길이 넘지 않겠는가. 사람들의 눈을 피해 그 길을 밤중에 혼자 이 동네 저 동네 지붕을 타고 넘고 또 자동차들 과속으로 질주하는 큰길을 가로질러 산으로 가는 도시의 늙은 고양이. 그러나 그는 맥없이 죽으러만 간 것이 아니다. 죽음 직전의 민감한 가슴속에 되살아난 원시의 야수성, 결코 죽을 리 없는 머나먼 조상들의 피의 부름을 그는 기꺼이 따라간 것이다. 그동안 나를 온순하게 길들여 놓았다고 생각하는 인간들이여, 헛된 꿈을 깨라. 최후의 순간에는 이처럼 나는 말 한 마디 없이 깨끗이 너희들을 배반해 버린다.

겨울 기다리기

이젠 봄이 왔다고
거리에 공고문이 나붙은 그날부터
나는 또 겨울을 기다리기로 했다
어차피 무언가를 기다려야 하는 것이
선량한 시민의 의무였기 때문에

진종일 찌푸린 하늘이
밤 들어선 드디어 눈보라로 무너져
봄이 깔려죽고
새벽에는 K·K·K단의 백두건처럼
하얗게 얼어버린 풍경

쫓기는 흑인노래 죠가 되어
나는 혼자 그런 겨울을 기다리기로 했다
어떠한 기다림도 거기까지는
찾아오지 못할 시간대
툰드라의 배고픈 도깨비의 아지트를

절망은 아직도 나의 양식
공포는 아직도 나의 전율의 원천

지구온난화 시대의 행복한 우량아들이
재수 없다 버리라고 권고한 나의 수첩엔
아직도 빙하시대의 난수표가 적혀 있다

틀림없이 겨울이

지금은 남의 땅 빼앗긴 들에도
걱정하지 말아라 봄은 온다

봄이 오면 또 여름 가을
틀림없이 겨울이 온다

빼앗긴 들만 어디 들이냐
빼앗은 들에도 겨울이 온다

나비 제비 깝치는 그 저쪽에는
마른 가지 위에서 까욱대는 까마귀들

살찐 젖가슴 만지던 손이
뼛조각 몇 개로 흩어져 있다

맨드라미 들마꽃에 건네는 인사
기도하는 성소와 부어라 마셔라

그리고 이튿날은 모두 한 이불
세상 온통 하얗게 한 이불 덮는 날

걱정하지 말아라 봄은 온다
그래서 틀림없이 겨울이 온다

만유인력

태초에 신은
밤마다 실타래 하나씩을 풀어서
허공에 던져 올렸다
그리고 자신은 어디론가 잠적해 버렸다

인연의 바람 건듯 불어서
그 실 끝에
해가 걸려들고 지구가 걸려들고
또 달과 별들이 매달렸다

끊어질 듯 끊어질 듯
아슬아슬한 위기감 속에
아크로바트 쇼로 어울린 천체의 구도
아니 떠도는 풍선들이여

오늘 이 지상에서는
터질 날이 언제냐 또는 뉴턴의 사과처럼
하마나 떨어질 날 언제냐 기다리는
종말론의 꿈이 무성하다

잔인한 비

선짓국 안주로 술을 마시는 해장국집
창밖엔 차가운 가을비가 내리고 있다.
도살된 소의 피가 엉겨
덩어리를 이룬 선지,
그러나 누구도
피 흘려 죽은 소에 대해서는 말을 하지 않고
대신 이제는 우습지도 않은 우스개
비를 피라고 했다는 서양 선교사 이야기를
김 형이 꺼냈다 핀잔을 맞는다.
아냐, 비는 피가 옳을지 몰라
흘린 피가 선지로 엉긴 죽은 소의 눈에는
비가 어덨어,
비나 피나 그게 모두 원통한 피지.
그러면서 나는 또 한 숟갈 듬뿍 선지를 떠먹는다.
시장기는 가시고 술기는 오르고
우리는 모두가
적당한 포만감 속에서 만사를 잊었다.
창밖에는 여전히 어둠을 적시는 가을비
비가 아니라 죽은 소의 피.
잔인한 가을비.

제4부

길

신이 세계를 처음 만들 때는
아무 데도 길을 내지 않았다
그래야 너희들이 스스로 내리라
이 그럴듯한 덫에 걸려서
사람들이 기를 쓰고 길을 내는 바람에
세계는 길투성이가 되었다
그러나 가면 게가 어딘가
모두 가기만 할 뿐
아무도 돌아온 적이 없는 길
그게 길인지 아닌지 몰라서
사람들은 또 새로 길을 낸다
언제나 실종의 확인으로만 그치는 노역이
세계를 온통 상처 내고 있는 길

노자 가로되
길을 길이라 하면 이미 길이 아니니라

우주선 취한 배

그날 밤 그의 우주선 취한 배는

갑자기 컴퓨터 바이러스의 습격을 받았다

기억장치에 입력된 모든 프로그램이

일시에 깡그리 지워져버린 사고

그러나 그것은

소멸이 아니라 장면의 전환이었다

새로 나타난 광막한 공백 속에서 그는

드디어 NASA의 통제를 벗어난

자기 자신을 발견했다

이제는 혼자만의 고독한 더듬이로

블랙홀을 찾아가는 자유가 그의 몫이다

길은 처음부터 없었기 때문에

그것은 끝까지 방황하는 미아의 자유!

지상의 모니터는 그의 불의의 추락사를 알리고 슬퍼했지만

그는 여전히 우주공간에 건재한다

다만 잠시 거처를 옮겨서

5억 년쯤 우리의 시야를 벗어났을 뿐이다

그 숨바꼭질 놀음으로 그의 뇌리에는

어릴 때 불렀던 동요 한 구절이 떠오른다

돛대도 없고 삿대도 없이

가기도 잘도 가는 우주선 취한 배……
그날 밤 그의 집 대문간에는
장의사에서 보내온 '근조'의 초롱이
희미하게 또 다른 항로를 비추었다

비의 나라

비가 온다

나는 비의 나라 왕이다

비로 지은 궁전

비 내리는 창밖에는

저기압의 깃발 바람에 나부끼며

우수(憂愁)의 성으로 쳐들어가는 충용한 군사들

먼 바다에서 모두 전사해 버린다

그들의 패망으로

새로 또 확장되는 내 왕국의 패망의 영토!

확실한 소유는 아무것도 없고

오직 상실만이 확실하게 남아서

나의 왕권을 강화해준다

그것은 지도가 필요 없는 나라

있는 것은 없고

없는 것은 있어서

두개골을 뚫고 뇌장에도 비가 오는 그 나라

아침이 되면

밤에서 다시 밤으로 층계를 내려가는

시계 소리 들린다

그리고 밤의 밑바닥에 피어 있는 꽃

보이지 않는 검은 해바라기
방사능처럼 고독한 빛살을 펼쳐서
천지사방에 비가 온다
나는 비의 나라 왕이다

구식 철도

나의 철도는
기관차가 아직도 눈으로 불을 때는
눈이 오는 날에만 운행하는 구식이다.

화물차는 아예 달지를 않고
승객은 한 칸에 한 사람씩
아무리 많아도 혼자일 수밖에 없는
기나긴 객차가 이어져 있다.

그것은 철로가 필요 없는 기차
눈보라로 길이 막힌 밤이면
들판이든 산이든 더욱 신나게
초특급으로 달린다.

하얀 눈이
시뻘겋게 타오르는 불길을 먹고
기관차가 거친 숨결을 뿜어낼 땐
시대의 편리함에 길들지 못한
야생마의 슬픔이
추억처럼 되살아나는 기적 소리.

차표는 팔지 않는다.
누구나 가진
이 세상 끝까지 떠돌고 싶은 마음
겨울 나그네의 꿈 한 조각
그것이 차표다.

그러므로 수지는 걱정할 것 없는
나의 구식 철도
기관차의 연료는 아직도 눈이기에
눈보라치는 밤엔 초특급으로 달린다.

각설이 노래

왜 또
풀잎이 돋아나는지 모르겠다

왜 또 해묵은 신경통
신경통이 도져서
온 삭신 삐걱대는지 모르겠다

이 집은 비어 있다
아무도 없다고
문간에 크게 써붙여 놓았건만

아 작년에 왔던 각설이!

어쩌자고 너 또
봄바람 데불고 와서
해벌해벌 웃고 섰는지 모르겠다

희망의 집

그는 언제나 추위를 탄다
어깨를 웅크리고 주위를 살피면서
그가 찾아가는 술집은 희망의 집
한여름에도 눈이 내리는 집이다
눈은 그의 가장 힘겨운 부채
희망을 하얗게 묻어버린다
지구처럼 둥글게 공중에 떠 있는 집
무덤 위에서 눈을 한 움큼 덜어내
그는 가슴에 불을 지핀다
불길에 녹아서
누군가 한동안 울다 간 것처럼
마룻바닥이 조금 젖어 있는 그 집
희망의 집

돌의 판타지아

여기 돌 하나 있다
그냥 그렇게

그것은 가장 견고한 감옥이다
갇혀 있는 수인은 바로 돌 자신이다
그러므로 언제나 탈옥의 꿈으로
불타고 있는 돌
그 불기 식히려고
때로는 진종일 비를 불러오는 돌
돌의 내부는 심장으로 가득 차 있다
그것은 푸르다 원시의 달밤처럼
또는 이미 죽어버린 미래의 추억처럼
그리하여 스스로 증식하는 돌
사막의 물고기와 에스키모의 눈보라를 낳고
하루살이의 영원과 별똥별의 추락과 바다를 낳는다
돌도끼로 찍어낸 생나무의 절규와
절규를 감싸 안고 있는 침묵이
우주공간으로 발사하는 전파
희망과 절망이 맞물려 돌아가는
바람의 소용돌이를 낳는다

그리고 이튿날은 세상을 다시
견고한 감옥으로 되돌려 놓는 돌

그것이 여기 있다
응고된 광활한 자유가 있다
그냥 그렇게

말의 안방

나에게는 비밀이 있다.

그것을 감추려고 나는 말을 한다.

말로써는 도저히 표현할 수 없는 것이 있다는 것을 알기 때문에 하는 말.

자기가 얼마나 훌륭한가를 알리기 위해

열심히 말하는 사람도 있다.

간판처럼 내걸고 넥타이처럼 목에 매는 말.

그러나 웅변은 한없이 계속될 수가 없다.

웅변이 한 차례 끝난 다음의 침묵 속에는

틀림없이 초라한 부끄러움이 웅크리고 있다.

끝내 입을 다물고 있는 사람한테는

온몸에 부딪쳐오는 온몸 하나가 있다.

생생한 아픔이 있다.

산다는 것은 드러내는 일, 드러낼 수 없는 것은

드러내는 척하면서 감추는 일이다.

그러므로 말은 거짓일 수밖에 없다.

그러므로 말은 또 고통스런 표현의 시작이다.

나의 표현, 나의 감춤이 겹치는 자리,

말의 나뭇잎이 떨어져 필경 거기로 돌아가는

침묵의 뿌리가 있는 그 자리는 어딘가.

무엇을 감추는지 알 수가 없지만 하여간 나는 감추고 있다.

감추어야 할 것이 있는지 없는지
실은 그것부터가 감추어야 할 나의 비밀이다.
내가 들어앉은 말의 안방에는
있기는 있되 잡을 수는 없는 바람
바람만 가득하다.

모래성

바닷가에서
아이가 모래성을 쌓고 있다

파도가 밀려와서
자취도 없이 쓸어가버린다

그 빈터에 다시
모래성을 쌓고 있는 아이
아까처럼 공들여서

까닭은 없다 그저 그렇게
놀이의 되풀이

어느새 해가 지고 달이 뜬다
달빛을 받은 아이
머리가 하얗게 세어 뵌다

파도도 까닭 없는 되풀이
밀려오고 밀려가는 놀이의 되풀이

아무 걱정 말아라
내일은 또 다른 아이가 와서
그렇게 놀 것이니

백목련

상아를 땅에 묻고 5백 년만 기다려라.
상아도 적도 하의 아프리카가 아니라
히말라야의 산기슭
쌉쌀한 바람으로 윤이 나는 상아를.

그리고 거기에
그 옛날 우리의 가장 쓰라렸던 이별 하나
비밀로 접붙여
또 5백 년만 기다려라.

그러면 그 이별은 어느 날
잘 삭은 상아의 흰 피 다 빨아먹고
거기서 한 그루 꽃나무로 자라나
부끄러움도 없이
제 하얀 속살을 온통 드러내리니.

그러나 그 뜻은 내 알지 못한다.
그래서 다만 뜰 앞의 백목련
차갑게 만발한 그 자태나 한동안
넋 놓고 멍청하게 바라볼 뿐이다.

아, 그 멍청한 자리 온 천지에
실은 상아의 흰 피 한 움큼씩
마구 흩뿌려져 있는 그것만을
이도저도 잊고 바라볼 뿐이다.

통일전망대

실은 아무것도 보이지 않는다
부질없는 망원경
그러나 이 기계장치의 눈
두 겹 유리알 테두리만 벗어나면
다 보인다
그냥 그 텅 빈 하늘
그냥 그
아득하게 이어진 산과 들판
그런 모양으로
별수 없이 언제나 하나일 수밖에 없는
아픔이
슬픔이
핏발선 눈으로 서로 노려본
40년 세월의 총칼 파수도 아랑곳없이
우수수 우수수
낙엽을 몰고 가는 늦가을 바람이
다 보인다 하나로

비눗방울

비눗방울의 힘을
이제야 나는 알게 되었다.

누가 쫓아가도
쫓아가는 그만큼 뒤로 물러서서
산 너머 저쪽 아득한 무지개를

겨우 거품 하나로
제 둘레에 다 불러 모은 비눗방울.

불면 꺼진다.
아니 불지 않아도 꺼진다.

꺼지면서 꺼지지 않는 비눗방울
너만이 무지개를
맘대로 불러 함께 논다.

자서

자서

이것은 나의 일곱 번째 시집이다. 쉬지 않고 열심히 했다고 할 수는 없지만 햇수로는 어느덧 45년이나 시를 쓰고 있다. 그만한 연조면 이제는 시쓰기가 어느 정도 손에 익었다는 말도 나올 법한데 사실은 전혀 그렇지가 않다. 원고지를 펼치고 앉으면 매번 개미가 광대한 사막 앞에서 저걸 어떻게 건너느냐 하고 기가 질리는 느낌이다. 그러나 내가 이 세상에서 마음먹고 할 일은 시밖에 없다고 오래전부터 그렇게 생각하고 있다.

수록작품은 4부로 나누었다. 1부와 2부는 종말론적 상상력에 입각한 문명비평의 시, 3부와 5부는 허무의식을 바탕으로 하는 존재론이 그 주제의 핵심을 이루는 시라고 할 수 있다. 그러나 전자의 종말론적 상상력과 후자의 허무의식은 파괴와 부정의 정신을 공유하고 있다. 그리고 그것은 또한 새로운 창조의 원동력이 되는 정신이라고 나는 생각하고 있다.

시집을 내준 고려원측에 깊은 감사를 드린다.

1994년 4월

이형기

제8시집

절벽

문학세계사, 1998

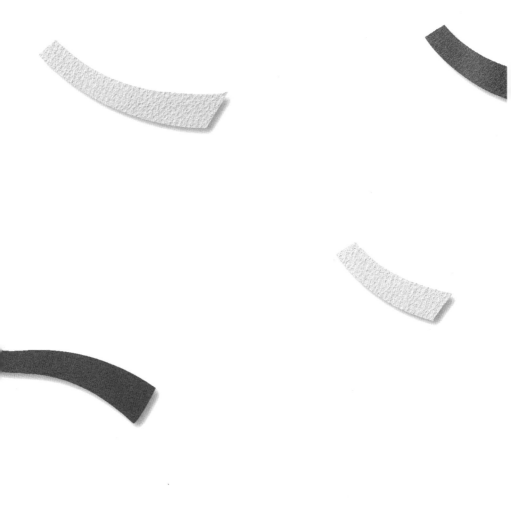

제1부

절벽

아무도 가까이 오지 말라
높게
날카롭게
완강하게 버텨 서 있는 것

아스라한 그 정수리에선
몸을 던질밖에 다른 길이 없는
냉혹함으로
거기 그렇게 고립해 있고나
아아 절벽!

한 매듭

쫓기고 쫓겨서
더 이상은 갈 데 없는
그 숲속에
시체 하나 버려져 있다
보니 그것은 나 자신이다

목발을 짚고 비틀비틀 걷다가
그 목발 내던지고 누워 있는 모습
편하게 보인다
참 다행이다
그러면서 고개를 끄덕이고 있는
내 혼백

하긴 시체 따위
찾아봤자 묻어줄 재주도 없지만
아무튼 이것으로 한 매듭을 지어서
살았을 때 언제나 한 몸으로 지내던
육체와 혼백
이젠 작별이다

오억 년쯤 지나서 다시 만나자
아니 아니 오 년쯤 후에로다
서로가 깨끗이 잊어버린 뒤에야
다시 만나자

저 바람 속에서

귀를 기울이던 바람 소리 들린다
이제는 철 지난 늦가을 바람
부질없이 울어대는
그 헛된 소리가

아니다 거기에는 웅장한 기념탑
탑을 에워싸고 수많은 군중들이 외치는
승리의 환호 소리 지축을 흔든다

그 소리가 불러내는 것
온갖 주검들의 생전의 모습이
환상이기에 더욱 생생하다

그러나 밖을 내다보면 여전히 무인벌판
무성한 억새 시들어 나부끼는
저 바람 속에는

깃발도 있다
훈장도 있다
잘려나간 팔다리와 모가지도 있다

실은 그 모든 것이 하나로 어울려
돌아가는 날개 없는 팔랑개비

비어 있는 소용돌이가 있다

소풍

소록도로 가고 싶다
문둥이 주제에 소풍이 당할까만
이 봄날 이 햇볕 아래서
문둥이는 문둥이끼리 손을 잡고
소풍 한번 가고 싶다

어제는 또 발가락이 떨어져 나갔다
겨우 두 개 남은 오른발 발가락이
그 오른발 아주 못쓰기 전에
절뚝거리면서 저편 들길을 지나
해변까지 걸어가고 싶다

꼭 돌아와야 하는 소풍은 아니다
가서 늦어져 이쪽에 등불이 켜질 때
아무 생각 말고 그 등불
멍하니 바라보다 그만 잠들어버리는
그런 소풍

하지만 도시락 점심도 싸야 한다
수통에는 물을 채우고

소주도 몇 병 준비해야 한다
그리고 아직 한데는 한데
옷은 좀 두툼하게 껴입어야 한다

그러면 준비가 다 끝나는 소풍
그것은 얼마나 즐거울까
슬플 수도 있으련만 슬프다는 말은
하지 않고 웃는다
그냥 웃는다

그런 소풍을 가고 싶다
문둥이가 문둥이끼리 손을 잡고 가는
성한 사람은 낄 수 없는 소풍
귀로가 늦어져 마을에 켜진 등불을
바라보다 잠드는
그런 소풍을 가고 싶다

숨바꼭질

그 늙은 당나귀는 죽었다

뇌졸중으로 쓰러졌다는 말이 있었지만
병명을 따져서 뭘 해
비쩍 바른 커단 몸집이
미세한 세포로 분해되어 허물어져 내리고
마침내 한 줌 흙으로
먼지로 돌아간다
그것은 누구도 어길 수 없는 엄숙한 약속
그 이행을
주위는 숨을 죽이고 지켜보고 있다
또 그것은 무엇인가가 모양을 갖추고
새로 태어나려는 전조
나무와 풀들이 수런대면서
바람과 구름을 손짓하고 있다
이 모든 절차가
다만 침묵 속에서만 진행되는
봄볕 단양한 오후 한때
당나귀는 덜컥 무릎을 꿇고 지상에서
숨바꼭질하듯 잠적했다

아니 진짜 숨바꼭질이다

실크로드

곤륜산맥의 어느 후미진 골짜기를
누에 똥 가득 든 마대 하나 메고
땀 뻘뻘 흘리며 올라가는 사내가 있다
그는 고자가 된 사마천이다
누에 똥은 불알 깐 상처를 아물게 하고
똥을 눈 누에는 또 비단을 생산한다
이 단순한 사실 앞에
사마천을 처벌한 한무제(漢武帝)의 권력도
고자의 그것처럼 보잘것없다
그러기에 밤마다
뻣뻣하게 일어서는 남근을 지팡이 삼아
길 아닌 길을 열어가는 사마천
여자의 한이 서리를 내리는 오뉴월이면
그는 건조한 고원 촌락에 흙먼지를 날린다
그 뒷자리
비단 한 조각 없는 황량한 벌판에
이름만은 찬란한 실크로드

사막에 아득히 떠도는 신기루처럼

귀

이순이면 귀가 순하다
싫은 소리
역겨운 말도
다 듣고 새겨야 한다
그 이순을
4년이나 넘겼지만 나는
여전히 순하지 못한 귀
걸핏하면 고까운 생각이 들어
역정만 늘어가는 귀를 가졌다

요즘은 병들어 누워 있다
일어날 가망이 없는 것 같다
그러니 귀도 체념하고 순해져야지
하면서도 자꾸만 끓어오르는 가래
가래 끓는 소리로 귀가 운다

왜 이럴까 제기랄
좁아터진 이 구멍 왜 이럴까
그래보지만 별수가 없구나
소라껍질처럼 딴딴하게 굳어 있는 귀

별수 없으니 내버려두자

하긴 그게 그렇지 않으냐
죽으면 제아무리 기가 센 귀도
절로 순해진다
얼마 남지 않은 그날까지 잠시 잠깐

그동안은 못난 귀야 네 맘대로 하려무나

거꾸로 가는 시계

나의 시계는 거꾸로 돌아간다
과거에서 미래로가 아니라
미래에서 과거로

그것은 탄생이 아니라
죽음에서 시작되는 내 인생
그것과 같다

그러므로 나는
미래의 미래 그 저쪽에 있는 추억
과거의 과거 그 저쪽에 있는 희망
그처럼 정상이다

이를테면 저 능금을 보아라
한때의 식욕이 따먹고 버린
아무도 거들떠보지 않는 씨 하나에서
새로이 움터오는 과거의 시작을

죽은 다음을 살고 있는 인생은
한 시에서 열두 시

열두 시에서 한 시로
보이지 않는 계단을 밟아가고

탐스러운 열매의 미래가
씨 속에 간직된 과거의 먹이로 돌아가는
나의 시계는
거꾸로 돌아가는 것이
바로 돌아가는 것이다

어젯밤 꿈에

어젯밤 꿈에 최 군을 만났다

이십오 년 만이던가

함께 거닐면서 얘기를 나누었지만

내용은 다 잊고 아득할 뿐이다

다만 선명하게 기억되는 것은 그가

죽을 당시의 젊음을

그대로 간직하고 있었다는 사실이다

나는 그동안에

이십오 년보다 십 년이나 더 늙어서

얼굴은 쭈글쭈글 대머리도 벗겨져

보기 숭하다

한 인간을

언제나 젊은 그대로 살게 하는 죽음과

젊은이를 사정없이 늙음으로 몰고 가는

차원이 다른 두 개의 시간

최 군은 내게 그 차이를 가르쳐 주었다

꿈을 깨고 나니

이쪽 세상을 가득 채운 공해 투성이 소음이

저쪽 세상의 바람 같은 적막 앞에 기를 펴지 못한다

귀가 멍한 허공의 울림 그 속에

살아서도 젊고 죽어서도 젊은 친구의

싱그러움

늦었지만 나도 거기 가서

자네 꿈속의 인물이 되고 싶다

새 발자국 고수레

내 죽거들랑 무덤을 짓지 말라
하물며 돌에 문자를 새긴 묘비일까 보냐
그냥 불에 태운 뼛가루 두어 줌
강가에 뿌리면 그만이다

그러면 나는
원래의 내 자리
실은 누구나 게서 온 그 자리
텅 빈 가이없는 허공으로
깨끗한 잊혀짐의 길 떠나갈 것이다

비 오는 날이면
추적대는 빗줄기
휴우휴우 바람 부는 밤이면
불어대는 그 바람으로 날려서

공중에 무수하게 찍혀 있는
새의 발자국 그것이나 주워서
가는 길 하늘에 고수레하고
기꺼이 사라질 것이다

무엇이든 마지막엔 드러나는 바탕
아무것도 없음이여
억조(億兆)의 죽음을 삼키고도 예전 그대로
없음만이 찰랑대는 그곳 허무의 집으로
나는 선선히 돌아갈 것이다

제2부

나의 집

나의 집은
흐르는 강물
그 먼 강심에 있다

크기는 넉넉한 두 평 단칸
들어앉으면 물의 흐름에
절로 손발이 씻기는 깨끗한 그 방
모래로 된 책도 몇 권 있다

별빛을 등불 삼아 그 책장을 넘기면
위잉 위잉 후루룩 위잉
그렇다 그것은 지구가 돌아가는 소리
세상에서 가장 크게 울리지만
실은 침묵만을 낳고 마는
지구가 자전하는 소리

그 소리 선연하게 들려오는
강심에 있는 단칸방
나의 집

미로

오랜 헤맴 끝에
간신히 골목을 빠져나왔다
미로를 졸업하고
이젠 큰길로 나온 것이다
그것은 동서남북 아무 데로나 트여 있는
넓은 자유의 길
아뿔싸, 그러나
동시에 사방으로 갈 수는 없다
어떻게 방향을 잡을 것인가
거기 캄캄하게 버티고 있는 미로
예대로의 미로!

앉은뱅이꽃

앉은뱅이꽃이 피었다
작년 피었던 그 자리에
또 피었다

진한 보랏빛
그러나 주위의 푸르름에 밀려
기를 펴지 못하는 풀꽃

이름은 왜 하필 앉은뱅이냐
그렇게 물어도 아무 말 않고
작게 웅크린 앉은뱅이꽃

사나흘 지나면 져버릴 것이다
그래 그래 지고 말고
덧없는 소멸
그것이 꿈이다
꿈이란 꿈 다 꾸어버리고
이제는 없는 그 꿈
작년 그대로 또 피었다

물에 그린 그림

오늘 나는 그림을 그린다
캔버스는 강물
그림은 고정되지 않고
물결 따라 흐르고 있지만
그래도 아무 탈이 없다

이를테면 서울 같은 거대도시의 마천루와
그 마천루 허물어진 폐허
그리고 일시에 덮쳐오는
사막의 모래소용돌이 회오리바람이
일렁이면서 나타나고
나타났다간 사라지는 그림

— 가는 자 이와 같다
그렇게 탄식하던 그 사람 또한
어느새 흘러가고 캔버스만 남은
그림을 오늘 나는 그리고 있다

온통 물이기에
물에 젖어도 녹지 않는 그림을

비극

비쩍 마른 북어 한 마리
비쩍 마른 그것 때문에
연거푸 마구 방망이로 패댄다

— 못난 놈은 죽어라
못난 놈은 죽어라

그 몰골
매품 파는 흥부인 양 처참하다

드디어 녹초 되어 살이 풀어진 비극
고추장에 찍어서 소주 한 잔 걸치면
더욱 맛좋은 북어의 비극이여

행복만 아는 요즘 세상에선
누구도 거들떠보지 않고 내버리는
제일로 값비싼 희귀품 천덕꾸러기여

그래 그렇구나

그래 그렇구나
딱히 드러낼 까닭은 없지만 그렇구나
짐짓 웃음을 지어봐도 끝내는
일그러지고 마는구나
기쁨인들 왜 없었을까만
그건 잠시
깊이 패인 주름으로 남는 것은
역시 슬픔이구나
칼을 갈자 칼을 갈자
시퍼렇게 갈아서 단칼에 끝장내자
독한 맘 먹지만 그 밑바닥엔
슬픔의 뿌리 도사리고 있구나
그리고 도처에 물처럼 배어나
보이지 않게 흥건하구나
철조망의 가시
눈 가리어져 연자 돌리는 당나귀
꽃 같은 여자
그 모두가 따로 그렇고
어울려 또한 그렇구나
보면 볼수록 슬프구나

왠지는 모르지만 그럴밖에 없구나

동굴

내 가슴은 캄캄한 동굴이다
끝닿지 않는 그 밑바닥에
섬뜩하게 차가운 바람이 불고 있다
또는 숨 막히게 더운 바람이
그것은 나의 고통
고통처럼 아직은 살아 있는
생명의 몸부림
말이 되기 전의 안타까운 손짓발짓이다

그리고 또한 그것은
고통이 아니라 고통을 벗어나는
몸이 부르르 떨리는 전율
소멸을 꿈꾸는 망각의 희망이다

안식과 광란
서로 부딪치는 삶과 죽음의 욕망이
모순된 그대로 뒤엉켜 공존하는 동굴
어두운 그 밑바닥에서

나는 무섭게 울부짖고 싶다

그리고 침묵의 해저로
가만히 가라앉고 싶다

완성

쨍그렁!
부딪히는 소리와 함께
그릇은 깨어져 버렸다

박물관에 모셔둔 상감청자
또는 하잘것없는 국밥집 뚝배기

어쨌거나 그것은
아차 하는 순간에 박살이 나버렸다

다시는 복원할 수 없는
그것은 그러나
그때 비로소 완성된다

깨어지고 나서야 없음으로 돌아가
제기랄 편히 쉬고 있는 것

이제야 그것은 보이지 않게
완성되어 있다

나의 귀뚜라미 요리

가벼운 것이
파르르 떨리면서 침묵하고 있다
날개에 손을 대도 움직이지 않는다
살아 있는 그대로 숨을 거둔 잠자리
잠자리 같은 그것은
한때 하늘을 헤엄쳐 다니던
뭐라는 이름의 고래인가
우주의 어디선가
마른번개 치는 이 가을
점심을 겸한 나의 아침 식탁에는
쓸쓸한 귀뚜라미 요리 한 접시 올라
식욕을 돋군다

이것은 컴퓨터로 합성한 가상의 공간
현실이 아니기에 현실보다 더 현실다운 풍경이다

원형의 눈

당신은
일체의 장식을 버렸다
그리고 벌거벗은 맨몸의
한 조각 살
마지막 핏방울까지 다 흘려보냈다
또 살과 피 한데 어우러진 정념(情念)과
정념의 뿌리
정신이란 이름의 마목도
역시 깨끗하게 빠져나갔다
부질없어라 눈은 보고 귀는 듣고
코는 냄새 맡아 무엇할 것인가
당신에게는
오밀조밀 아기자기한 그런 기능도
이제는 한갓 소꿉놀이의 흔적
어질러진 뒷자리 치우고 나면
날씨는 청명하다
그러고 보니 엊그제까지의 모습은 허상
필요한 최소한의 것만을 갖고
이제야말로 원형으로 돌아온 당신
촉루라는 이름은 좀 어렵다

알기 쉽게 해골박
누구나 이렇게 해골박이 될 것을
그 눈으로
아니 눈 있던 자리에 뻥 뚫린
바람이 씽씽 통하는 구멍으로
당신은 훤히 꿰뚫어보고 있다

허무의 빛깔

여기는 인적 없는 바닷가
수많은 조개껍질 흩어져 있다
주워 봐라 그중의 오래된 하나를

파도가 일어서고 부서져 내리고
거기 햇빛과 또 달빛
그리고 어둠의 속살까지 속속들이 비쳐들어
십억 년 또는 이십억 년 까마득한 시간이 쌓인다

하필이면 조개껍질에
까닭을 알 수 없이 아로새겨진
오묘한 빛깔!

반투명의 흰 바탕에
엷은 분홍무늬 가늘게 곁들여져
파르스럼 떠올라 있다

십억 년 또는 이십억 년
덧없는 시간의 되풀이가 아무 뜻 없이
아름답게 녹아들어 하나 된 그것은

없음이 만들어낸 없음의 빛깔
그래 그렇다 허무의 빛깔이다

제3부

아무 일도 일어나지 않았다

그는 마침내 숨을 거두었다
살아생전
가장 소중한 생명이었기에 그는
어둠 속에서
꺼진 그 불길의 향방을 지켜보았다
— 이제 세상에는
엄청난 변화가 올 거다 틀림없이
그러나 이튿날도 그 이튿날도
해는 여전히 동쪽에서 뜨고 서쪽으로 지고
아무 일도 일어나지 않았다
그리고 형제들한테서도 그는
사흘 만에 잊혀져 버렸다
죽음보다 허망한
이 차가운 기류를 타고
휴지로 날리는 부고 한 장

이름 한번 불러보자 박재삼

너와 나는 많이 다르게 살았다

너는 처음부터

전통의 결 고운 슬픔을 가다듬어

비단을 짰지만

나는 비틀비틀 갈지자걸음

마냥 어지럽고 위태위태하다

그러나 다르면 얼마나 다를까 보냐고

이심전심 대수롭지 않게 지나다가

갑자기 네가 훌쩍 이승을 떠났고나

순서도 뭣도 깡그리 무시하고

그렇게 함부로

멋대로 가기냐 해봐도 소용없는 곳으로

실상은 내가 먼저 쓰러져 누웠지

문병 온 너를 속으로 부러워하면서

나는 중국으로 침 맞으러 떠났다

그새를 못 참고

더구나 내게는 기별도 없이

가버린 너

순서부터가 틀리지 않느냐

평생 시만을 써온 너의 그 계산법은

나도 시를 쓰지만 모르겠다
아무리 먹어도 배부르지 않던 시
그것이 이제는
먹지 않아도 배부른 황금빛 종소리
또는 바람의 장미꽃이 되어
너의 무덤 위에 찬란하고나
이름 한번 불러보자
아아 박재삼!
이왕 갔으니
내 자리도 네 가까이 하나 봐다오

병마용

그 군단은
이천삼백 년 동안 잠자다 깨어났다
깨어나 보니
그들이 지켜야 할 최고사령관
황제는 이미 한 줌 흙먼지로 돌아가
종적이 묘연하다
그러나 황제 없는 군대도 군대
아니 실상은 없는 황제를 지키는 그것이
그들의 임무인 군대
뜨거운 불길에 생명이 달구어진
날렵하고 사나운 팔천의 정예들은
잠들기 전 그대로
날카로운 눈초리 번뜩이고 있다
나라는 망해도 국토는 남는 것
그 국토
있을 것은 있고 없을 것은 없는
가상의 공간에
진흙으로 만든 불사의 군단 병마용은
죽은 황제
그 한 줌 흙먼지를 위해 충성을 다하려고

누구한테서도 나올 수 없는 결단
장엄한 허무의
발진명령을 기다리고 있다

미래를 믿지 않는 바다

때는 2031년의 어느 날
아아 바다여 하고 나는 나직하게 불러 본다
그러자 나의 손바닥 위에 펼쳐지는
바다가 아니라 바다의 건조한 유적
거대한 사막이여
미래를 신뢰하는 이상주의는
내 몫이 아니다
태어나지 않은 나의 손주는 검은 테를 두르고
신문의 부고란에 의젓하게 앉아 있다
인생은 누구나 죽는 것이니까
그것은 너무나 당연한 귀결이다
하나밖에 없다는 진실은 반납하자
편견 편견
갈등하고 충돌하는 편견의 평등성을
아아 바다여 하고 불러본다
바다 아닌 사막은
미래를 믿지 않는 나의 비밀이다
처음부터 과거 속에 숨어 있던 연대 2031년
혼자 은밀하게 선언한다
— 나는 멸망한다

그러므로 나는 존재한다

만년의 꿈

유대인의 율법은
때로는 죄인을 돌로 쳐죽였다
죄가 뭔지는 모르지만 철저한 처형이다
그렇게 생각하고 있는 어느 날 오후
누군가 힘껏 내 머리를
돌로 내리친다

머리가 갈라진다
갈라진 그 속에서 하얗게 센 섬유질 물질이
할미꽃 꽃술처럼 바람에 날린다

사람을 돌로 쳐죽인 유대인의 율법은 그래서
속죄하려는 듯 후세에 돌무덤을 남긴다
이름이 있을 리 없는 돌무덤 그것은
역시 이름이 있을 리 없는
내 만년의 꿈

깨진 머리에 할미꽃 꽃술처럼 바람을 안고
바야흐로 해 저문 들녘으로 날아간다

귀머거리의 음악

키가 꾸부정한 늙은이
마을 뒷산 높다란 고원에 올라
그 바닥 바위에 엎디어 귀를 대고
뭔가를 가만히 엿듣고 있다

여기는 로키산맥 서북쪽
인디언 야누카 종족의 마을
그리고 표정이 황막하게 지워진
그는 귀머거리 박수무당이다

절벽이 된 지 오래 그의 두 귀는
소리가 아니라 마음의 울림
파르르 떨리면서
나부리치는 그 느낌을 듣고 있다

음악이 흘러나온다 그때
아무도 듣지 못하는 음악
그러기에 하늘 가득 울려 퍼지는
귀머거리의 가슴을 치는 귀머거리 음악이

이제 그는 지상에 없다
사실은 처음부터 없었는지 모르는 늙은이
하얀 그림자가 되어 오늘도
야누카의 마을 뒷산 고원에 오른다

모순

완성된 것은 없다
그러기에 모두가 완성이다

소나무는 소나무대로
바닥에 떨어진 솔잎은 솔잎대로

실개천은 실개천
바다는 바다대로

버려진 돌덩이와
돌덩이에 새겨진 부처님과

그리고 그것들을 모조리 쓸어버린
일제사격의 뒷자리조차도

그것은 그것대로 완성이다
그러기에 모두가 완성이 아니다

아 이 모순이여
모순과 모순이 함께 하는 순리여

파도

그것은 일제히 저쪽에서 달려온다
허옇게 거품을 물고 부딪친다
그리고 끝내 무릎을 꿇고 만다

끊임없이 그렇게 되풀이하는 것
어제의 죽음을 쓸어가는 오늘의 죽음
그래도 아무것도 불어나지 않는 것

부서져라 부서져라
부서지기 위해 또 일어서라

파도여 파도여
절망을 확인하는 몸부림이여

저쪽 낭떠러지

이 길은 필경
저기 저쪽 낭떠러지에 이른다
사시사철 거칠게 파도치는 바다가
그 아래서 온몸을 뒤틀고 있는 거기

오늘도 나는 목발을 짚고
절뚝절뚝 이 길을 가고 있다
종점이 어딘가는
새삼 물어볼 필요가 없어
오냐 오냐 그래
하늘이나 쳐다보면서

그야 뭐 틀림없이 거꾸로 떨어지지
모든 기억의 등불 한꺼번에
캄캄하게 꺼져버리는 어둠
어둠의 공포
그리고 만사가 끝나버린다 허망하게

그래도 지구 밖으로는
떨어지지 않을 게다

그게 어디냐

다시 비극

"행복도 팝니다"

파는 것은 공짜가 아니다
반드시 돈을 지불해야 한다

그러니 행복을 논하기 전에
선행적으로 필요한 것은 돈

행복도 파는 이 시장에서는
행복은 없고 돈
돈을 위해서만 눈이 뻘겋다

이 비극
매끄럽게 싸서
"행복도 팝니다"

술래잡기 · 1

누군가를 찾고 있다
아무리 찾아봐야 허탕밖에 없는
아무도 없는 이 벌판에서
그래도 찾아야 할 누가 있나 두리번거리니
쉿! 저기 안 보이는 저기
숨은 듯 아닌 듯한 그림자
보니 그것은 나 자신이다
필경은 나를 찾는
확실하고 허망한 이 술래잡기!

제4부

나팔소리 울리는 마을

나의 귓바퀴 뒤에는 마을이 하나 있다
성냥곽에 담아도 될 만한 작은 마을이다
추수가 끝난 지 오랜
사람 없는 들판 논두렁길에
고장 난 경운기 한 대 버려져 있다
그것은 지난겨울 개미집을 찾아온
늙은 베짱이처럼 처량하다
갑자기 나의 손가락 끝에서
솟아나는 불꽃
한 시대 전의 소방차가 달려와서
물을 뿜는다 누가 우는가
그래도 아무것도 젖지 않고 뽀송뽀송
건조한 마을의 저녁노을이여
나의 고막 속에 가득 울려 퍼지는
날카로운 나팔소리를 들어라

술래잡기 · 2

술래잡기만 하면
나는 언제나 술래였다
동네의 허물어진 돌담 모퉁이
또는 전신주에 기대 눈을 감고
무궁화꽃을 피웠다

애들은 잘도 숨어서
누구도 들키지 않았다
아니 들켜도 나보다 먼저 달려가
술래판을 밟았고
나는 또 술래가 되었다

어느덧 해는 꼴깍 지고
애들은 모두 집으로 돌아가
판은 오래전에 끝나 있었지만
나는 여전히 술래인 채로
혼자 무궁화꽃을 피운다

이제 애들은 아무도 없다
그래도 누군가를 찾아야 하는 술래

— 찌뿡 잡았다!
달려가면 그것은 허깨비였지만
허깨비라도 걸려라 우직한 술래한테

셴양의 아침 풍경

여기는 셴양의 시 정부 초대소
뜰에 커단 석류나무의 석류꽃들이
낮이면 쑤왈라 쑤왈라
알지 못할 중국어로 저들끼리 떠들어대고
때로는 와자그르 까르르 웃음을 터뜨린다

하지만 새벽이면 일꾼은
나무 밑에 흩어져 누워서
중국어가 아니라 만국 공통어
나도 알아들을 수 있는 말로
소리 내지 않고도 귀에 쟁쟁 울리게
부드럽게 속삭인다

다 갑니다
조금 늦고 빠른 차이는 있지만 예외 없이 조만간
그래야 새 사람 새로 와서
세상살이 고생을 나누지요
글쎄 그게 그거기도 하고 아니기도 하지만
어이튼 고생인지도 모르고 고생을 나누지요

그러자 언제나의 늙은 청소부
실은 죽은 진시황이 나타나서
다 가는 그것을 정말 다 쓸어가 버렸다
아무 일 없이 평온하게 시작된 아침

신선하게
또는 어제 그대로 지겹게 시작된
셴양의 아침 풍경

* 셴양은 진시황이 수도를 둔 함양(咸陽)이고 초대소는 우리나라의 장급여관이다.

대

대밭에 쭉쭉 대가 솟아 있다
날카롭게 일직선으로 위로만 뻗은 키
곧은 마디마디

왕조시대에 민란에 앞장선
원통한 분노
분노가 죽창으로 꽂혀 있는 대

다시 보면 여름에도 차가운 감촉
군살 하나 없이 온몸으로
팽팽한 긴장감이 하늘에 닿아 있다

혼자 있거나 무리 지어 있거나
시퍼렇게 날이 서 있는 대
밤중에도 꼿꼿하게 서서 잠잔다

깨뜨려도 부서지지 않고
대쪽이 되는 대

꽃은 피우지 않는다

꽃피면 죽는 개화병

격렬한 사라짐이 있을 뿐

소금

바다가 작고 딴딴한 알갱이로
결정(結晶)되어 있다
만지면 손을 적시기는커녕
도리어 머들머들 모가 서는 광물질
고체의 바다
고집 세게 물기를 날려버린 그것은
그 한 알 한 줌마다에
방금 캐낸 무도 이윽고
숨이 끊어지고 그래서 맛을 내는
미각의 뿌리
짜디짠이 힘이 되어 숨어 있다
그 힘으로
무엇을 요리하건 알맞은 푸른 기운
부패를 막기 위해
둔중하지만 확실한 빛살로 하얗게
불타오른다
염화나트륨에 불순물이 섞여서
더욱 기능적인 무딘 칼날
그것은 베어 죽이지만 않고
죽인 것을 살려서 함께 간다

그리고 밤마다
세계를 소금절임하는 꿈을 꾼다

민들레꽃

쬐그만 것이
노랗게 노랗게
전력을 다해 샛노랗게 피어 있다

아무 곳도 넘보지 않는다
다만 혼자
주어진 한계 그 안에서 아슬아슬
한 치의 틈도 없이 끝까지

바위 새를 비집거나 잡초 속이거나
씨 뿌려진 그 자리가 바로 내 자리
터를 잡고

물을 길어 올리는 실뿌리
어둠을 힘껏 밀어내는 떡잎
그리고 그것들이 한데 어울려
열심히 열심히 한 댓새

세상에 그밖에는 할 일이 없어서
아주 노랗게 노랗게만 피는 꽃

피어선 질 수밖에 없는 꽃

쬐그만 것이지만 그 크기는
어떤 자로서도 잴 수 없다
아 민들레!
그래봤자
혼자 가는 자의 헛된 꿈
하지만 헛되어도 좋은 꿈 아니냐
한 댓새를 짐짓 영원인 양하고
보라 저기 민들레는 피어 있다

낙조

거대한 입으로
시뻘겋게 달아오른 해를
천천히 삼키고 있는 낙조
뜨거움도 모른다

한쪽 구석에서 나는
걸리버 나라의 작은 난장이가 되어
숨을 죽이고 엎드리고 있다.

달

달이 떴다
휘영청 떴다
낮에는 억새에 가려 보이지 않던
길이 하얗다
그 길에서 피식피식 쓰러져 간
수많은 목숨들이 떠오른다
여기는 남부군 부대의 한 무리가 전멸한
지리산 피아골
달빛은 아랑곳하지 않고 생생하다

눈

눈이 온다
눈은 하얗게 싸느랗게 온다
그렇지만 눈의 속살을 뚫고 보면
빛이 있고
그 빛이 닳아서 비등점에 이르면
눈은 폭발한다

오 무너져 내리는 알프스의 눈사태

그래도 눈은 시침 뚝 떼고
하얗게 싸느랗게만 온다

해바라기

해바라기는 한밤중에 핀다
짙게 깔린 어둠 속에서
또록또록 눈 부릅뜨고 핀다
칼로 벤 듯 아프게 낯빛 그리운 해바라기
그것을 삭이면서 캄캄하게 핀다

시인의 말

불멸에 대하여

*

    인간은 한 번밖에 죽지 않는다. 삶의 일회성은 너무나 당연한 귀결이다. 그러나 시인은 열 번도 죽고 백 번도 죽는다. 그처럼 시인은 자신의 죽음조차도 허구화할 수 있는 인간이다.

*

    그들은 죽은 적이 없다. 다만 거짓으로 죽은 체했을 뿐이다. 그러므로 시인의 사망 기사에 속지 말아라. 이미 죽었는데도 불구하고 과거의 의미 있는 시인들은 모두 그대의 은밀한 시간 속에 살아 있지 않은가.

*

    모든 존재는 필경 티끌로 돌아간다. 이 사실을 자각하고 있는 존재가 인간이다. 그리고 이 사실을 영광스럽게 노래하는 존재는 시인이다.

1998년 10월

이형기

미간행 발표작

(1998~2005)

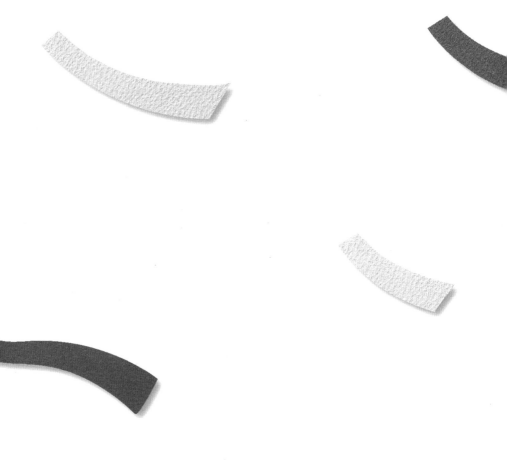

코뿔소

내가 사는 아파트엔
코뿔소 한 마리가 살고 있다
내가 데려온 것은 아닌 그 녀석은
틀림없이 몰래 숨어들었을 게다
코에 뿔이 우뚝 솟은
그 우람한 덩치가
언제 어떻게
이 좁은 집에 숨어들었을까
낮 동안은 쥐죽은 듯 기척이 없다가
밤이면 어디선가 나타나
온 마룻바닥을 어슬렁거린다
가끔은 벽에 코를
아니 코 같은 뿔을 문질러대면서
씩씩거리는 그 녀석
무얼 어떻게 하자는 건지
그 존재 자체가 또한
허황된 수수께끼다
아 그렇구나
허황하기에 그것은 바로 내 꿈이구나

—『창작과비평』, 2001년 여름호

안개

오늘도 이 도시엔
새벽부터 안개가 자욱하다
새벽부터라 했지만 사실은
초저녁이고 밤중이고 가리지 않고
밀려드는 안개
미세한 물방울인 그것들은
한데 뭉쳐서 강력한 안개
군단을 이룬다
그 군단의 포위 속에서
시민들은 눈만 뜨면 안개를 마시고
다시 안개로 녹아서
실체 없는 소문으로만 떠돈다
하늘과 땅이 하나로 합쳐져
구분이 없는 이 도시
그리하여 모든 것이
필경 안개로 돌아간다
안개가 전부다

—『창작과비평』, 2001년 여름호

세월

봄이 오면 이윽고 겨울
겨울이 오면 또 이윽고 봄

그렇게 돌고 도는 세월
실은 지구가 자전할 뿐이다

그러니 자취가 있을 수 없는
텅 빈 허공이여

그 속도 아무리 빨라도
우리는 그냥 태연하다

아무 일도 없구나 백치처럼
그래 그래 지겨운 백치처럼

―『창작과비평』, 2001년 여름호

모순의 자리

눈을 감으면
아득한 기억의 저쪽에서
하얗게 떠오르는 것이 있다
보니 그것은
여태까지 내가 수없이 입 밖에 내었던
그리고 또
입안에서 이리저리 굴리다가
꿀꺽 삼켜버린 말들이다
원래는 색깔과 모양과 의미가 있었던
그것들이 이제는 그저 하얗다
만들어진 모든 것은
필경 사그러져버린다는 뜻인가
그러나 다시 보면
그것은 싸락눈이 깔린 언덕이다
봄이 되어 그 눈이 녹으면
파릇파릇 새싹이 돋아날
그리하여 새로 시작할 그 자리
소멸과 생성이
둘이면서 하나인 모순의 자리가
바로 거기 있구나

—『문학동네』, 2001년 겨울호

가을 잠자리

이 가을
마른 나뭇가지의 가지 끝에
잠자리 한 마리 앉아 있다
숨이 멎은 듯 기척이 없는 잠자리
불룩하게 튀어나온 눈알에는
언제나 꿈꾸던 대로
저녁노을 찬란하게 불타고 있다
이윽고 어둠이 닥치리라
어둠 속에서 편히 잠들리라
그러나 잠자리의 눈은
한꺼번에 여러 측면을 볼 수 있는
복안이다
거기에는 그래서
삶과 죽음이 하나 되어 아른대고 있다

눈을 감아라
감으면서 또 눈을 떠라!

—『문학동네』, 2001년 겨울호

구름과 마천루

저기 거대한 마천루 하나 솟아 있다
그것은 놀랍게도 구름
엷은 구름으로 된 것이다
그러나 이윽고
자취 없이 사라지고 말 마천루
아 모든 것이
이렇듯 없어짐으로 돌아가야만
다시 시작한다
어디 저울 좀 가져와서 달아보아라
구름과 마천루의 똑같은 무게여

—『문학동네』, 2001년 겨울호

나무 위에 사는 물고기

물고기들은
물속이 아니라 나무 위에 산다
바람이 불면
하늘하늘 꼬리와 지느러미를
흔드는 물고기
그러나 바람에는
세찬 강풍도 있어서
죽기 살기로 나무에 매달리는 물고기
그리고 물고기는
마침내 숨을 거둔다
그 허망함
애초부터 그것은 예정된 일이다

그래봤자 그게 뭐 대순가
물고기가 나무 위에 살거나
바위 속에 살거나
그게 다 그것이니

— 『문학과창작』, 2002년 3월호

소리

살을 에는 아픔이
순간 온 몸속에 흐른다
그리고 나는
캄캄한 어둠 속에 묻힌다
그 어두움에 대고
누가 돌 하나를 던진다
이윽고 툭 하고 떨어지는
어둠의 밑바닥
소리한테 소리가 빨려 들어가서
침묵이 되는 그 소리

― 『문학과창작』, 2002년 3월호

산불

불이 났다
산불이다

애초엔 아무렇지도 않던 것이
어느 순간 갑자기 일어서서
활활 타오르는 불길

그것은 거대한 백지 위에
재앙의 신이 그린 붉은 그림
그림이 아니라 번지는 목마름이다

그리고 또 그것은
온몸이 회쳐진 듯 상처 난 자리에서
끝없이 뿜어나는 핏줄이다

바람 한번 살짝 불어서
스스로 커지는 그 속에
불씨는 작은 티끌이었다
이제는 꿈보다 큰 불길

불이 났다
산불이다

―『동서문학』, 2002년 여름호

건조주의보

벌써 석 달째
건조주의보가 계속되고 있다
논밭은 갈라지고
저수지란 저수지는 모두
바닥을 드러낸 채 쩍쩍 갈라져 버렸다
산에는 또 산불도 잦아서
메마른 천지에
그 메마름을 더해 가는 건조주의보
그것은 실상
모래가 꿈꾸는 더 많은 모래
거대한 사막이다
아 그렇구나
마침내는 사막으로 망가지는 꿈
꿈으로 된 건조주의보

—『동서문학』, 2002년 여름호

돌덩이 변주

쾡하니 뚫린 가슴에
돌덩이가 쌓여 있다
돌덩이는 눈물
돌덩이는 가시
그리고 돌덩이는 바람이다

이왕 쌓인 것
가슴에 그 돌덩이를 묻는다
이미 죽은 자들이
서부영화 화면에 떠오르는
석양의 벌판
훅 훅 부는 바람이다

갑자기 억수비가 쏟아진다
모두 쓸어가 버려라

— 『현대시』, 2002년 7월호

그게 그거 아니냐

텅 비어 있다
아무 것도 없다
아니 아니 비어 있음 그것이
가득 차 있다

가득 차 있는
비어 있는 그것
이것이나 저것이나
그게 그거 아니냐

똑 같구나 똑 같아
그게 그거 아니냐

—『현대시』, 2002년 7월호

비극

깨끗하게 쓸었다
걸레질도 했다
버려진 허접쓰레기
쓰레기 같은 비극은 없다
비극이 없는 그것이 비극이구나
우리 시대의 가장 큰 비극이구나

— 『현대시』, 2002년 7월호

악어

악어는 왜 하필 악어인지 모르겠다
그리고 또 악어는
악어의 눈물을 흘리는지 모르겠다
그 눈물 뒤에는 보이지 않는 용용 죽겠지가 숨어 있다
용용 죽겠지 하고 웃는 악어
그 웃음을
단지 눈물로만 드러내는 악어
악어의 눈물이 뿌려진 오솔길을
엉금엉금 기어가는 악어
목에 딸랑딸랑 방울을
달고 있으면 좋으련만 악어
그렇지도 못하고 악어는
왜 하필 악어인지 모르겠다.

—『문학과창작』, 2003년 2월호

맹물

물을 마신다
맹물이다
아무리 마셔도 맹물
그냥 맹물이다
안으로 들어간 물은
다시 밖으로 뿜겨져 나온다
뿜겨져 나오는 건
보니 뜻밖에도 불길이다
내 뱃속에 숨어 있는
일곱 난쟁이가 그 불길을 뿜는다

불길이 이번에 재로 바뀐다
재는 가루
가루된 재가
소리도 없이 내려 쌓인다
그러자 내 머리가 하얗게 센다

맹물이 불길
불길이 맹물
그리고 가루가 맹물이고 불길이다

아~ 그렇구나

세상만사 모두 맹물이구나.

—『문학과창작』, 2003년 2월호

가슴창고

그 녀석
톰슨가젤은 사라졌다
사라지고 나서야 녀석은
생전의 그 어느 때보다
더욱 생생하게 살아 있다
내 가슴속에

어디 톰슨가젤뿐인가
언젠가는 모두가 사라지는 것이다
그리하여 우리의 가슴속에 묻힌다
공룡도 또 공룡의 이웃
스필버그가 만든 쥐라기공원의
스피노사우루스도 사라진다

그 무덤은 인간의 가슴이다
거기는 우리의 추억으로 가득하다

또 있다
지금 많이 사라지고 있는 고래
고래 중에서도 제일 큰 고래

모비딕도 사라졌다
백 년쯤 전에

창고여 창고여
아무리 채워도 자리가 넉넉한
추억의 창고여

— 『현대문학』, 2003년 9월호

등짐

사람들은 그것을
나의 짐이라 한다

보기만 그렇지
짐은 무슨 짐

실상 그것은 내가
등에 지고 가는 큰 짐이라

속을 헤집어 보면
아른아른 비치는 순두부
순두부 같은 것이 가득 차 있다

아 그것은 슬픔
내가 등에 지고 가는 슬픔

나의 등짐은 모양이 없다
다만 무게가 있을 뿐이다

—『문학수첩』, 2004년 봄호

신용불량자

이제 자네는 신용불량잘세
무슨 소리
나는 아예 신용카드 자체가 없는 걸
아무리 그래 봤자 소용이 없네
카드 같은 거 있거나 말거나
끝내는 그쪽으로 날아갈
먼지 한 올
눈을 똑바로 뜨고 보면
환히 보이는 허무의 공간
이제 자네는 틀림없는
신용불량잘세

—『문학수첩』, 2004년 봄호

눈보라

누군가
바람을 한 옴큼씩 뭉쳐서
힘껏 팔매질을 하고 있다

그것은 끊임없이 자꾸만 계속된다
그리고 휴휴
날카롭게 날을 세운 바람 소리

보니 그것은 눈이구나 눈보라
세상 온통 하얗게 뒤덮은 그것
외로움이구나.

—『시평』, 2004년 봄호

다 왔다

자 이젠 다 왔다
다음은 쉴 차례
아니 깊이깊이 잠들 차례다
이 세상 끝나는 그날까지

그렇게 생각한 것은 잘못이었다
이젠 다 왔다고
말할 수 있는 날이 정말 있는가
다만 다 왔다고 생각한
그 생각만이 공중에 떠돌 뿐이다

떠도는 가운데서
우연인지 필연인지 알 수 없지만
이젠 다 왔다는 한때
그것이 또한 끝이 아닌 것을

이것저것 다 알고 있는 나의 죽음
그것조차도
입을 꾹 다물고 있다.

— 『문학사상』, 2004년 6월호

멸종

그것은 갑자기 닥치는 것이 아니다
오히려 천천히
그것은 천천히 우리를 찾아온다
그래서 그것이 닥쳤을 때는
마치 익숙하고 심상한 일상사와 같다
그러나 실은
가장 끔찍한 습격이다 그것은
그렇게 심상해진 그것은 멸종이다
우리 시대의 지구는
그렇게 멸종을 맞이하고 있다
눈을 들어보면 지천으로 깔린
지구 전체가 온통 멸종이다.

— 『동서문학』, 2004년 여름호

원인 불명

비행기가 사라졌다
갑작스런 실종이다
원인은 침침한 안개에 쌓여 있다
다만 망망하게 펼쳐져 있는 바다
그 어딘가에 떨어졌을 것이다

원인은 무언가
원인을 알면
결과를 또한 알 수 있다
세상만사
원인이 있기에 결과가 있는 것 아니냐

그러나 결과로 보아서는
도저히 알 수 없는 원인도 있다
저 비행기의 실종이 바로 그러하다

모른다 모른다 알 수 없다
알 수 없기에 비행기가 떨어진 것이다

보라 없는 손에 잡힌 호미가

밭을 매는 것을

그러기에 그것은 마의 해역
버뮤다 삼각주로
바다가 펼쳐져 출렁이고 있다

―『동서문학』, 2004년 여름호

늑대

무리에서 벗어난 늑대 한 마리
혼자 등성이로 올라가고 있다

늑대는 보통 예닐곱 마리가 모여
가족을 이룬다
헌데도 놈은 거기서 탈락한 것이다

하긴 그럴 만도 하다
놈은 늙고 병들었으니

그러나 가슴속 아니 핏속에는
옛날의 뜨거움이 조금은 살아 있다

드디어 놈은 산마루에 이른다
하늘을 쳐다보니 달이 떠 있다

이윽고 사그라질 그믐달이다
임자 없는 외톨이 달이다

—『시평』, 2004년 가을호

놀이의 기하학

점 하나를 찍는다
그 점이 움직인다
선이 그어진다
선과 선 사이의 공간
그 공간을
모로 세우거나 거꾸로 세우면
거기 나타나는 입방체
아하 그렇구나
점 하나로 시작되어 만사를 이룩하곤
점 하나로 돌아가는구나
아등바등할 것 없다고 하지 말라
그것은 작난이다
가장 엄숙하고 장엄한 작난이다

— 『현대시』, 2005년 2월호

지구는 둥글다

낙엽이 진다
우수수우수수 지는 낙엽 속에
파룻파룻 돋아나는 것들이 있다

어느 날 어린애가 태어났다
엉아엉아 울음소리 우렁차다
그러자 지구의 저쪽에서
누군가 숨을 거둔다

밀물이 있기에 썰물이 있고
썰물이 있기에 밀물이 있다
그렇게 돌아가는 하루 해
아 지구는 둥글다.

—『현대시』, 2005년 2월호

먼지로 돌아오다

이윽고 나 떠나갈 것이다
언젠가 그날이 오면

그러나 그 언젠가를
언제까지나 기다릴 수 없어서
실은 어제 이미 떠나버린 나

어제 뒤에는
무수한 어제가 줄을 서 있다
줄선 그 끝에서 보면
어제는 떠 영겁의 내일이다

그리하여 빙빙 돌고 돌아서
태어나기 전부터 떠나버린 나
떠나간 다음에도 떠나갈 나를
아직 여기서 기다리고 있는 나

깨달은 것은 아무것도 없다
깨달은 것은 아무것도 없다는
그 하나의 깨달음만 가지고

언젠가 나 떠나갈 것이다 이윽고
흙먼지 한 줌으로 모른 체 돌아올 것이다

—『열린시학』, 2005년 봄호

허무의 시학

이재훈

허무의 시학

— 이형기의 초극적 세계[1]

이재훈

1. 영원한 문학청년

이형기 시인에게는 '영원한 문학청년'이라는 별명이 늘 따라다닌다. 문학 청년이라는 말 속에는 늘 새로운 문학 세계를 탐구하려는 열정적 자세가 포함되어 있다. 소위 말하는 문학병, 시마(詩魔)에 들려 끊임없이 앓는 것이다. 나는 이형기 선생의 생전 모습을 가까이에서 볼 수 있는 행운을 얻은 적이 있었다. 2003년 2월 즈음.『현대시』발행인인 원구식 선생님과 함께 방학동에

---

1) 본 해설은 필자의 논문 일부분이 보완 수록되어 있습니다.

있는 이형기 선생의 자택으로 찾아뵈었다. 부끄러운 마음을 무릅쓰고 이형기 선생을 연구한 석사논문을 전해 드린 후 약 2시간 가량 선생과 대화를 나누었다. 나는 선생의 말씀을 메모했는데, 당시 나누었던 대화의 일부분을 소개하고자 한다.

내가 시 쓰는 친구들에게 말하고 싶은 것은 시는 절대로 누구에게 의지하는 게 아니에요. 각자가 하는 것입니다. 시를 써보면 써볼수록 그 생각이 간절해요. 지금부터 50년 쯤 전에 조지훈 시인을 술집에서 처음 만났어요. 내가 용기를 내서 물어봤지요. 선생님 어떻게 하면 시를 잘 씁니까? 하구요. 그랬더니 조지훈 시인이 말하길 한 마디로 방치하면 된다라고 합디다. 내버려두면 된다고요. 시가 되려면 되고 안 되면 안 되는 거지요. 그 참 명언이에요. 그때는 참 머쓱했지만 그 말이 얼마나 잊히지 않는지 지금까지 늘 머릿속에 되살아난다 말입니다. 문호는 스스로 깨닫는 것입니다. 스스로 깨닫지 않고는 한 발도 나아갈 수 없어요.

지금까지도 '스스로 깨닫는 것'의 의미를 마음속에 되뇌고 있다. 그 후 박사논문까지 선생의 발자취를 더듬으면서 늘 스스로 깨닫기 위한 선생의 의지와 태도를 엿볼 수 있었다. 선생은 마지막 이승의 끈을 놓기 전까지도 작품을 쓰셨던 시인이다. 선생은 2005년 2월 2일 작고하시기 전, 마지막 유고시 「놀이의 기하학」과 「지구는 둥글다」를 『현대시』에 발표하시고 영면하신다. 『현대시』의 편집자로서 그 마지막 시를 붙잡고 한동안 멍했던 기억이 아직도 생생하다. 이후 『현대시』에서는 선생의 유품까지 정리하는 일을 맡았는데, 그때 순간순간의 기억도 오래도록 각인되어 있다.

문학사는 늘 어떤 유파, 에콜, 진영에 가담하거나 제도를 운영하는 그룹이 거느린 시인들을 기억하기 마련이다. 시가 가진 배타적 결속력과 개별적인 가치판단의 특수성을 감안한다 하더라도 훌륭한 시인들에 대한 야박한 문학 사적 평가는 늘 아쉽기만 하다. 특히 당대가 요구하는 문학적 태도나 조류와 는 무관하게 자신의 시세계를 끊임없이 갱신하며 개성적인 시가(詩家)를 축 조하는 예를 많이 볼 수 있다. 그런 의미에서 이형기는 가장 모범적인 예에 속한다. 이형기는 오히려 저 홀로 우뚝 서 있는 경우에 해당한다. 이형기는 늘 당대의 주류와 일정 정도 거리를 두면서 시적 갱신과 자각으로 새로운 세 계를 끊임없이 탐구해온 시인이다. 그의 탐구자적 자세는 시세계의 변이를 훑어만 보더라도 충분히 짐작할 수 있다. 그렇다고 이형기가 은둔자적 시인 이었던 것은 아니었다. 늘 문학 현장의 중심에서 시인, 학자, 언론가, 교수로 서 자신만의 목소리를 내어왔다. 새로운 논제에 누구보다 열정적으로 논쟁에 참여하고 시단의 담론을 이끌어 간 시인임을 생각한다면 이형기의 단독자적 시관은 확실히 특별한 것이었다. 이형기는 단독자였다. 한국시인협회 회장 을 역임하거나 수많은 문학인을 배출해낸 동국대 국문과에서 오랜 교수 생활 을 하는 문학적 권위를 누렸지만 시에서만큼은 늘 문학청년으로서의 태도를 잃지 않았다.

이형기 선생은 지금까지 8권의 신작 시집과 3권의 시선집을 출간했다. 그 외 11권의 시론집과 평론집 등을 상재했다. 이제 8권의 이형기 시집과 미발 표작을 묶은 전집이 세상으로 나와 빛을 보게 되었다. 앞으로 이형기를 연구 하는 데 있어서 귀한 자료가 되리라 믿어 의심치 않는다. 소설 미치광이로 불 리던 소년 시절에서부터 병을 얻어 오랜 투병 생활을 했던 노년에 이르기까 지 이형기는 늘 창작의 열망과 천재적 자의식을 놓지 않았던 '영원한 문학청 년'이었다.

2. 자각과 갱신의 시의식

이형기는 1933년 경남 사천군 곤양면 서정리에서 출생하였는데 세 살 때 가족이 진주시 강남동으로 이사 오고 본적도 모두 옮겨온다. 그렇기에 이후 이형기의 고향은 진주로 표기된다. 진주에서 요시노소학교에 입학하였는 데 당시 별명은 '소설 미치광이'였다. 1945년 진주농업학교에 입학하였고 1949년 16세의 나이로 제1회 개천예술제 백일장에서 장원을 했다. 차상은 박재삼 시인. 백일장 심사위원은 유치환, 김상옥, 김춘수 시인이었다. 1950 년 『문예』지로 추천 완료되어 문단에 나온다. 당시 나이가 17세였다. 이때부 터 이형기에게는 최연소 등단이라는 타이틀이 따라붙었다. 이후 이형기는 2005년 작고할 때까지 한국 시단의 중심에서 가장 활발하게 작품활동을 벌여 온 시인이다.

이형기는 지금까지 『적막강산』(모음출판사, 1963), 『돌베개의 시』(문원사, 1971), 『꿈꾸는 한발(旱魃)』(창원사, 1975), 『풍선심장』(문학예술사, 1981), 『보 물섬의 지도』(서문당, 1985), 『심야의 일기예보』(문학아카데미, 1990), 『죽 지 않는 도시』(고려원, 1994), 『절벽』(문학세계사, 1998) 등의 시집을 상재했 다. 이후 1998년부터 2005년 작고할 때까지 26편의 신작시를 발표하였다. 이 번 전집에는 시집에 실리지 않는 26편의 작품들까지 포함되어 있다.

이형기는 끊임없는 자기갱신을 통하여 시적 긴장감을 늦추지 않고 다양한 형질의 작품을 생산해 왔다. 또한 시인, 비평가, 언론인, 학자로서의 면모를 유감없이 발휘하며 자신만의 고유한 시사적 위치를 얻고 있다. 초기의 전통 적 자연 서정의 세계, 중기의 주지주의적인 날카로운 감성과 새로운 언어 미 학의 세계, 후기의 생태학적 고발과 문명비판의 세계로 변화하며 끊임없이 자기갱신을 한 시인이다. 이형기의 시 전체를 통어하고 있는 세계는 바로 '허무'라고 할 수 있다. 이형기의 '허무'는 초기시에서 후기시로 갈수록 다른 방향으로 펼쳐진다. 초기시에서는 자연의 순환원리를 통해 인생의 무상함과 허무를 깨닫는 달관의 견지와 같은 입장을 취한다. 그러나 후기시로 갈수록 실존적 허무로 성격이 바뀐다. 즉 이형기 시세계 전체를 통어하는 주제는 허무의식이라고 할 수 있다.

이형기의 시의식의 변화 과정은 여타의 다른 시인들과 다른 면모를 보이고 있다. 대개의 경우, 초기 불화와 대립의 세계에서 점차로 수용과 화해의 세계로 이행하는 순으로 시세계가 전개된다. 하지만 이형기의 시세계는 이러한 수순의 역으로 전개되고 있다. 즉 자아와 세계의 조화를 추구한 세계에서 자아와 세계의 조화가 깨지는 불화의 세계로 이행하고 있는 것이다. 이것은 이형기가 가진 자신의 시세계에 대한 자각에서 비롯되었다고 할 수 있다.

첫 번째 『적막강산』은 누구나 흔히 그럴 수 있는 20대의 자연발생적 서정(抒情)이 그 내용을 이루고 있다. 두 번째의 『돌베개의 시』는 거기에 회의를 품고 새로운 시를 찾아 나선 내가 방황 중에 쓴 산만하고 타성적인 메모를 묶은 것이다. 세 번째의 이 『꿈꾸는 한발』은 말하자면 그러한 방황 끝에 나로서는 이것이다 하고 찾아낸 새로운 시의 지평(地坪)이라 할 수 있다. 사실은 그래서 쑥스러움을 무릅쓰고 5년 만이라는 말을 되풀이한 것이다.

여기에 이르러 나는 비로소 시인이란 자각을 갖게 되었다.

위의 『꿈꾸는 한발(旱魃)』 자서에서 알 수 있듯이 이형기 시세계의 변화 요인은 자발적인 갱신의 노력에서 나왔다. 즉 초기시의 자연발생적 서정의 세계에 대한 회의가 비평적·이론적 관심으로 전개되고 그러한 탐구의 결과로써 새로운 시세계가 창출된 것이다. 실례로 이형기의 자전적 연대기를 살펴보면 시적 변모의 과정 중에 오스카 와일드, 보들레르, 쉐스토프, 고바야시 히데오, 알베르 티보데에 심취하면서 서양 모더니즘 문학에 대한 탐구를 계속해나간 것을 확인할 수 있다. 이형기는 자신의 시론인 「시의 세계성이란 무엇인가」라는 글에서 르네상스 이후 서양 근대 문화는 통일 원리의 상실이라는 중대한 변화가 야기한 결과라고 말하면서 통일성의 원리가 상실된 현대적 삶의 모순에 대한 능동적인 대응이야말로 현대시를 현대적이게 하는 결정적인 조건이라고 말하고 있다. 이것으로 보아 조화의 세계를 그린다면 현대적 삶을 제대로 담을 수 없다는 스스로의 자각이 이형기에게 새로운 시적 세계를 만들게 한 셈이다. 「시의 세계성이란 무엇인가」라는 글의 결론에서 이형기는 "현대에 살고 있는 시인이 쓴 시라고 해서 모두 현대시가 되는 것은 아니다. 현대성을 갖추고 있을 때 비로소 그것은 현대시가 된다"라고 말하고 있다.

또한 그는 자신이 생각하는 방법론을 통해서 그가 지향하는 시에 대한 견해를 피력하고 있다. 시론 「악마의 무기, 그 모순」에서 이형기는 시를 두 가지로 나누고 있다. 첫째는 자연발생적인 시이고 다른 하나는 방법론을 자각한 시이다. 자연발생적인 시는 자연스럽게 우러나와서 쓴 시로 시에 대한 자각이 없이 쓴 시다. 여기에서 자각이 없다는 것은 자기반성이 없다는 것을 뜻한다. 방법론을 자각한 시는 자신의 정신행위 자체에 대한 인식과 그 인식과정에 시선을 두는 시이다. 이어서 이형기는 한 인간의 성장단계와 시를 비교한다. 즉 자기 반성이 없는 시는 아직 성인이 못된 미성숙한 단계이며, 미숙한 시인들과 성장한 시인들과의 차이는 시에 대한 지적 성찰이 있느냐 없느냐에 따라 구별된다는 것이다. 위의 자서에도 진술했듯이 이형기는 자신의 시적 변화를 자연발생적인 서정에서 시적 자각에 이르는 과정으로 진단하고 있다.

정리하면, 이형기 시의식의 전개는 불화의 세계에서 친화의 세계로 이행되는 일반적인 시의식의 전개과정을 답보하고 있지 않다. 이형기는 오히려 그 반대로 친화의 세계에서 불화의 세계로 이행되고 있으며 나중에 또 다른 지향점의 세계로 돌아가려는 순환적 구조를 가지고 있다.

두 번째 이형기 시의식의 특이성으로 주목할 만한 점은 동시대 문단이 지향하는 경향과 무관하게 자신의 시적 경향을 유지해 나갔다는 데 있다. 작품의 문학적 의미를 규정할 때 그 작품이 존재했던 시대의 공통된 경향과의 관계를 살피는 일은 중요하다. 이형기는 지난 세대의 우리 문단이 순수냐 비순수냐 혹은 리얼리즘이냐 모더니즘이냐 하는 논쟁에 빠져 대부분의 시인들이 시류의 물결에 휩쓸릴 때에도 이와 일정하게 상거하면서 오로지 문학을 지키는 일에만 몰두한 시인이다. 이형기는 전후 모더니즘을 개척한 것으로 알려진 50년대 시인들과도 섞이지 않고 60년대의 참여시나 그 이후 '현대시' 동인과 같은 유파와도 공통분모가 잘 드러나지 않는 시인이다. 이형기가 본격적인 시작활동을 개진한 1950년대에는 전쟁체험으로 인한 전쟁 현장시들과 그 불안의식을 호소한 시들이 승한 시기였다. 또한 다른 한 편에서는 〈후반기〉 동인들을 주축으로 한 모더니즘에 관심을 쏟던 시기이기도 하다. 그런데 이형기의 시에서는 전쟁의 영향이 전혀 보이지 않으며, 당시 대두된 모더니즘과도 관계없이 전통 서정의 시세계를 고수했다. 이후 약 10여 년의 공백기를 거친 이형기의 시작활동은 1960년대로 올라간다. 이 시기의 문단은 순수·참여 논쟁이 첨예한 문학 과제로 대두된다. 이형기는 이때도 문단의 경향과는 상관없이 서구 모더니즘을 독자적으로 수용하고 나름의 시론을 정립해 새로운 시적 활로를 여는 작업을 수행한다.

3. 소멸의 세계와 허무의식

　그러면 이형기는 시세계의 변화를 어떠한 양상으로 견인하여 갔는지 일별해 보자. 이형기의 대표작이자 전국민의 애송시인 「낙화」는 이형기 초기시의 세계를 압축한 작품이다.

가야 할 때가 언제인가를
분명히 알고 가는 이의
뒷모습은 얼마나 아름다운가.

봄 한철
격정을 인내한
나의 사랑은 지고 있다.

분분한 낙화……
결별이 이룩하는 축복에 싸여
지금은 가야 할 때,

무성한 녹음(綠陰)과 그리고
멀지 않아 열매 맺는
가을을 향하여

나의 청춘은 꽃답게 죽는다.

헤어지자

섬세한 손길을 흔들며

하롱하롱 꽃잎이 지는 어느 날

나의 사랑, 나의 결별,

샘터에 물 고이듯 성숙하는

내 영혼의 슬픈 눈.

—「낙화」 전문

꽃이 떨어지는 상황은 존재의 소멸의식을 잘 형상화하고 있는 장면이다. 꽃이 떨어진다는 자연적 정황을 모티브로 해서 자아의 주관적 정서를 함께 드러내고 있다. '낙화'는 "나의 사랑은 지고 있다"로 대상이 주관화되어 나타나다가 "나의 청춘은 꽃답게 죽는다"는 소멸의 정조에까지 나아간다. 이러한 소멸의식이 "샘터에 물 고이듯 성숙하는" 것으로 끝이 나면서 극복의 차원을 보여주고 있다. 이러한 극복이 발생할 수 있는 이유는 '결별'을 '축복'으로 인식하는 능력 때문이다. 낙엽이 물드는 과정은 소멸이 진행되는 과정이며 꽃이 지는 과정은 소멸의 현장과도 같다. 사람들은 낙엽이 물들거나 지는 과정을 보며 아름답다는 미의식을 느낀다. 저물어가는 자연의 섭리를 통해 아름다움을 느끼는 정서적 행위는 이별을 축복으로 받아들이는 역설의 의미를 이해하는 발판으로 삼고 있다. 소멸을 생성과 축복으로 인식하는 것은 인간의 본면을 직관적으로 꿰뚫어 보는 시적 인식이다.

이형기의 시적 세계관의 핵심은 허무의식에 있다. 그의 허무의식은 두 가지의 근거를 통해 발생되었다. 하나는 자본주의와 문명체험이 허무의식을 갖게 하였다는 점이다. 이형기의 시작 활동은 1950년대부터 90년대까지 넓은 시대에 걸쳐 있다. 즉 전후 체험에서부터 자본주의가 가속화되는 산업화시대를 체험했다. 이러한 체험을 통해 인간의 본성이 변화되어 가는 사회적 현상을 목도했으며, 인간성 상실의 위기의식을 누구보다도 예민하게 감지했다.

또 하나의 근거는 이형기의 허무는 스스로 시적인 자각을 통해 이루어진 세계관이라는 점이다. 이형기는 자신만의 시관을 가진 시인으로서 자리하기까지 몇 번의 시적 실험을 해야 했다. 그는 부단하게 자신의 시적 세계관을 회의하고 갱신한 시인이다. 초기의 시적 세계관이 달관과 조화의 세계에서 불화의 세계관으로 바뀌면서 '허무의식'이 본격적으로 드러나게 되었다. 이형기는 조화의 세계관에서 불화의 세계로 전이된다. 이러한 시세계의 변화 이유는 우선 이형기 자신이 말한 자전적 연대기를 통해서 확인할 수 있다.

> 그 이전까지 쓴 나이브한 서정시로는 돌아갈 수 없고 또 돌아가서도 안된다는 생각이 내 의식의 밑바닥에 깔려 있었다. 말하자면 시세계를 바꾸어야 한다는 생각이다.…(중략)…아울러 내게는 모든 사물을 뒤집어 볼수 있어야만 새로운 시의 길이 열린다는 생각이 떠올랐다. 추악함 속에서 아름다움을, 어둠 속에서 빛을 보는 그러한 시각의 필요성에 대한 자각이다.…(중략)…그러는 동안에 나는 또 꿈의 언어, 그것이 시라는 얼핏 들으면 상식 같은 사실에 대한 개안을 얻게 되었다. 꿈은 이쪽이 아니라 저쪽에 있는 초현실의 세계를 만들어낸다. 물론 허구일 수밖에 없는 그 세계의 밑바닥에는 현실세계를 부정하는 의지가 깔려 있다. 그러니까 꿈의 언어인 시에 있어서 가시화되어 있는 현실세계가 근원적으로 부정과 파괴의 대상이 되지 않을 수 없는 것이다.
>
> — 이형기, 「자전적 연대기」(『현대시』, 1993. 6, 59~61쪽) 부분

그러한 세계관의 변화는 다양한 독서체험과 시에 대한 갱신의 노력을 통해 이루어진 것이다. 이후로 이형기에게 허무의식은 시적 세계관을 대표하는 가장 중심적인 시의식으로 자리 잡게 되었다. 이형기의 허무의식에서 크게 영향을 준 체험은 독서체험이다. 대학 시절부터 읽은 독서열은 병적으로 번지기 시작했는데 그의 독서목록에는 허무의식을 가지게 될 만한 사상가들이 많이 있다. 세스토프로 대표되는 독서체험은 이후에도 허무의식을 지탱하는 가장 중요한 의식의 밑거름이 된다. 이후 1950년대 후반과 60년대에 걸쳐 일본 인상비평의 대가라고 알려진 고바야시의 글에 깊은 인상을 받게 된다. 고바야시는 프랑스 문학 전공자였으며 이형기는 고바야시를 통해 보들레르, 랭보, 모차르트, 고흐 등을 심도 있게 접하게 된다. 또한 도스토예프스키를 다루고 있는 「도스토예프스키의 생활 ― 역사에 대하여」라는 글을 만나고 역사에 대한 허무주의적 태도를 가지게 된다. 이후 이형기의 허무의식은 까뮈와 보들레르, 에밀 시오랑 등과의 만남을 통해 더욱 급진적으로 드러나게 된다.

이 시기에 이형기는 서구 모더니즘에 대한 이론 연구를 폭넓게 진행한다. 특히 까뮈의 '부조리의 철학'과 보들레르에 심취하여, 새로운 시적 세계를 열어 보이려는 개안을 얻게 된다. 이 시기의 작품들은 대체로 현실세계를 부정하고 파괴하려는 시적 경향을 보인다. 『꿈꾸는 한발』의 자서에서도 말했듯이 그는 '자연발생적 서정시'에서 벗어나 비로소 시인의 자각을 하게 된 것이다. 이런 허무의식은 다음과 같은 시를 통해 드러난다.

> 너는 언제나 한순간에 전부를 산다.
> 그리고 또
> 일시에 전부가 부서져 버린다.
> 부서짐이 곧 삶의 전부인

너의 모순의 물보다

그 속엔 하늘을 건너는 다리

무지개가 서 있다.

그러나 너는 꿈에 취하지 않는다.

열띠지도 않는다.

서늘하게 깨어 있는

천 개 만 개의 눈빛을 반짝이면서

다만 허무를 꽃피운다.

오 분수, 냉담한 정열!

— 「분수(噴水)」 전문

　「분수」에서 한순간에 전부를 사는 것이나 일시에 전부가 부서져 버리는 분수의 현상은 허무의식을 나타내준다. 그러므로 분수의 삶은 허무 그 자체라고 할 수 있다. 그러나 "하늘을 건너는 자리"엔 "무지개가 서 있다". 이것은 어떤 초월적인 자리나 기회가 있음을 말해 준다. 분수는 이러한 초월의 자리, 즉 '무지개'의 자리를 욕망하지 않는다. 오직 또다시 반복되는 허무를 꽃피우는 것이다. 이 시에서는 니체가 말하는 적극적 방식의 허무주의가 내재해 있다. 자아는 '허무'를 '꽃피운다'라고 하여 절망적 인식 상황을 나름대로 재해석하고 있고, 마지막 시행에 가면 '냉담한 정열!'이라고 하여 허무적인 삶마저 정열로 읽어내는 허무의식이 드러나 있는 것이다.

　허무의식을 가지게 되는 독서체험을 통해 이형기는 허무의식에 대한 자신의 독특한 시론을 펼친다. 세계의 본질에 대한 투지와 갱신의 자구적 노력은 시인으로서 당연히 갖춰야 할 덕목이라고 이형기는 생각했다. 그러한 새로운 세계에 대한 끊임없는 탐구와 도전의 자세는 자신을 부정하는 것에서부터 시작한다. 이형기는 자신의 이전 세계관을 부정함으로써 새로운 세계를 건설하려는 방법적 틀을 확보한다. 그 새로운 세계는 아무 것도 규정되지 않고 불확정적인 '허무'와의 대결이다. 그는 이 허무를 통해 자신이 가지고 있었던 시적 세계관의 변화를 시도했고, 그 변화의 연속을 통해 갱신을 이루었다.

5. 문명비판

이형기는 무엇보다 자신의 허무의식을 통해 문명을 비판하고 있다. 문명을 비판하는 그 이면에는 허무의식의 형성이라는 배경이 존재한다. 이형기는 이미 자신의 시적 세계관 속에 허무의식이 형성되어 있었다. 이 허무의식의 형성은 유년 시절의 독서체험과 새로운 시에 대한 자각을 통해 자연스럽게 형성된 의식이다. 이 선험적 인식은 새로운 시적 자각에 대한 갈망으로 드러난다. 이 새로운 자각이 바로 문명사회를 비판적으로 바라보는 시적 계기가 되었다.

이형기에게 레디메이드의 틀에 갇힌 사고방식은 시적 갱신을 꿈꾸려는 자신에게 가장 경계해야 할 인식의 벽으로 생각하고 있다. 그러므로 갇혀 있는 세계에 대한 충격장치로 레디메이드의 틀을 타파하려는 게 이형기의 의식적 노력이다. 이러한 충격주기는 구체적으로 시의 세계에 대한 충격주기로 나타난다. '발전'의 논리로 근대에 등록된 기술문명은 편리함과 유용성으로 인해 현대인들에게 없어서는 안 되는 기본 조건으로 여겨졌다. 이런 조건 가운데에서 점점 인간의 정신은 왜소화되고 나약해져 갔다.

과학 기술 문명의 발달로 인해 삶의 질이 향상된 대신 우리는 언제부터인가 무의식적으로 기술문명에 구속되고 있다. 시인들은 점점 길들여지는 인간을 자아가 소멸되어가는 기계적 이미지를 시로 형상화하며 위기의식을 드러내었다. 문명비판의 도시시 화자들은 대부분 위악적이다. 이 위악적 태도로 문명사회의 병적 징후들과 허위를 비판하는 게 문명비판의 주된 태도이다.

> 한겨울
> 심야의 라디오 일기예보는
> 듣기 전에 이미 가슴이 설렌다.
> 바람은 북동풍 초속 이십오 미터
> 심술로 퉁퉁 부은
> 천이십 밀리바의 저기압을 등에 업고
> 오호츠크해로 지금 눈보라를 몰고간다.
> 모든 선박의 운항금지를 명하는
> 폭풍경보
> 세상을 온통 꼼짝달싹 못하게
> 계엄령처럼 숨죽여 놓고
> 거동이 수상한 캄차카 반도는
> 공중에 거꾸로 매달아 놓고
> 저 혼자 미쳐 날뛰는 오호츠크해
> 그리고 눈보라를
> 내 가슴에 가득 채우는 한겨울
> 심야의 일기예보.
> 그것은 명왕성 저쪽으로부터
> 세기말의 감수성한테 보내는
> 은밀한 스탠바이 신호
> 지구 폭파의

디데이 통보처럼 전율적이다.

거덜나리니

내 기꺼이 거덜나리니

바람아 광풍아 석 달 열홀만 불어라!

—「일기예보」 전문

「일기예보」라는 시에서는 이러한 종말의 위기의식을 잘 보여주고 있다. 일기예보는 인간에게 없어서는 안 되는 기초적인 정보이다. 과학기술의 발달은 이후 시간에 대한 자연적 조건까지도 정확하게 예측할 수 있는 단계에까지 다다랐다.

우리는 일기예보를 통해 자연을 관리하고 극복하려는 인간의 이성적 노력이 어느 정도의 수준인지를 알 수 있다. 시인이 바라보는 일기예보는 위험을 미리 파악하고 극복할 수 있는 예보로서가 아니라 이 문명세계의 미래에 대한 예보와도 같다. 이제 기술문명의 세계는 곧 몰락하리라는 종말에 대한 위기의식이 시에 드러나 있다. 즉 '예보'는 문명의 몰락에 대한 예보이다. 그 사실을 시인은 "전율적이다"라고 말한다. 시인은 모든 것이 "거덜나리니/ 내 기꺼이 거덜나리니"라고 위기의식을 강하게 드러낸다. "세기말의 감수성"에게 보내는 "은밀한 신호"가 바로 문명몰락에 대한 일기예보인 것이다.

우리 시대의 비는 계절과 무관하다.

시도 때도 없이

푸른 것은 모조리 갉아먹어 버리는

전천후 산성비.

그렇다 전천후로

비는 죽은 구근을 흔들어 깨워서

자꾸만 생산을 재촉하고 있다.

그래서 생산이 넘치고 넘치는

그래서 미처 다 소비도 하기 전에

쓰레기통만 가득 채우는 시대.

　　　　　　　　　　　　　　　　—「전천후 산성비」 부분

　문명의 종말에 대한 위기의식은 「전천후 산성비」와 같은 시에서도 더욱 구체적이고 직설적으로 드러난다. 이 시에서 얘기하는 "우리 시대의 비"는 '산성비'로 대표되는 오염된 자연을 말한다. 이미 자연은 오염되어 있기에 "계절과 무관"하게 내리며, 이렇게 불규칙하고 이상한 현상은 "시도 때도 없이" 내리는 비와도 같다. 이 땅에 내리는 비는 "전천후 산성비"이다. 비가 전천후라는 말은 우리 삶의 전부면을 적실 수 있는 비의 속성에 대한 비유이다. 그 비는 모든 것을 가능하게 할 수 있는 전천후의 비인 것이다. 아무 계절에나 내리는 이 전천후 산성비는 "푸른 것을 모조리 갉아 먹어 버리는" 비이다. 푸른 것은 아직 오염되지 않은 이 땅의 모든 생명체를 말한다. 이 생명체들도 하나씩 오렴되어 가고 있는데, 비는 "죽은 구근"을 깨워 "자꾸만 생산을 재촉"하고 있다. 그리고 생산이 넘치고 넘쳐 남아도는 잉여의 상태가 된다.

　달걀의 꿈은 병아리다.

　그러나 이 도시에서는

　병아리로 부화될 수 없는 달걀만이 달걀이다.

몇 달 전에 망해버린 내 친구 양계업자

빈털터리가 된 그는 이제

외로운 밤시간을 갖게 되었지만

양계장에는 밤이 없다.

밤이면 낮보다 더 강렬한 불빛이

오직 생산!

생산만을 다그친다.

―「병아리」 부분

「병아리」에서는 문명에 의한 생태계 파괴를 보여준다. 이 시에서는 인위적으로 생산되고 있는 달걀을 묘사하고 있다. 우리가 먹고 있는 달걀의 대부분은 양계장에서 사육된 것이다. 사육 달걀은 빠른 시간 내에 좋은 품질의 달걀을 대량생산해야 하기 때문에, 한밤에도 계속해서 불을 밝혀야만 한다. 달걀은 잠을 자야 하는 시간, 새벽을 맞이하기 위해 꿈을 꾸어야 하는 시간에 인위적으로 밝힌 불빛에 의해 깨어난다. "달걀의 꿈은 병아리"이지만 도시에서 '달걀'은 "콜레스테롤 함량 극소화"된 "하얗고 깨끗하게 표정도 지워진/ 우량품 달걀'의 운명만 있다. 밤이 없는 양계장은 문명사회를 지탱하는 물질 생산소의 상징이다. 이곳에서는 병아리도 없으며 암탉이 사랑하는 경우도 없다. "오직 생산!/ 생산만을 다그"치는 시간 속에서 부화를 거세당한 생산에의 강요만이 존재한다.

　시인은 병아리를 통해 창조의 소멸을 말한다. 생명으로의 탄생은 없고 인위적인 탄생만 있는 사회. 그것은 죽음의 사회이다. 생태계가 파괴되고 있는 현실사회에서 병아리로 태어나지 못하고 양계의 달걀로 대량생산되는 모습은 지금 우리 문명사회의 축소판을 그대로 재현해주고 있는 형국이다.

이 도시의 시민들은 아무도 죽지 않는다

어제 분명히 죽었는데도

오늘은 또 거뜬히 살아나서

조간을 펼쳐든 스트랄드브라그 씨의 아침 식탁

그것은 위대한 생명공학의 승리

인공합성의 디엔에이 주사 한 대가

시민들의 영생불사를 확실하게 보장하고 있다

교통사고로 머리가 깨어진 채

오토바이의 액셀러레이터를 밟아대는 젊은 폭주족

온몸에 암세포가 퍼져서

수술한 배를 그냥 덮어버린 노인이

내기 장기를 두다가 싸운다

아무도 죽지 않기 때문에

장사를 망치고 죽을 지경인 장의사 주인도

죽지 않고 살아서 계속 파리를 날린다

1년에 한 살씩 나이를 먹는다는 계산은

전설이 되어버린 도시

얼마나 오래 살았는지

누구도 제 나이를 아는 사람이 없다

젊어도 늙고

늙어도 늙고

태어날 때부터 이미 폭삭 늙어서

온통 노욕과 고집불통만 칡넝쿨처럼 칭칭

무성하게 뻗어난 도시

실연한 백발의 노처녀가 드디어 목을 맨다

그러나 결코 죽을 수는 없는

차가운 디엔에이의 위력

스스로 개발한 첨단의 생명공학이

죽음에의 길마저 차단해버린 문명의 막바지에서

시민들의 소망은 하나밖에 없다

아 죽고 싶다

― 「죽지 않는 도시」 전문

「죽지 않는 도시」에서는 문명의 폐해에 대한 위기의식을 가장 극단적인 상황으로 표출한다. 이 도시의 시민들은 아무도 죽지 않는다. 그러나 영생하는 이 땅의 사람들은 전혀 즐겁지 않다. 위대한 생명공학의 기술로 사람들은 죽지 않지만 오히려 사람들은 죽고 싶어 한다. 죽지 않는 이 도시는 "온통 노욕과 고집불통만 칡넝쿨처럼 칭칭/ 무성하게 뻗어난" 곳이다. 생로병사는 인간에게 주어진 천성적인 운명에의 길이다. 하지만 첨단기술은 이 운명에의 길조차 허락지 않는다. "스트랄드브라그"는 걸리버 여행기에 나오는 영생 불사하는 종족의 이름이다. 이 도시의 인간은, 도시를 건설한 문명 발전론자들은 이 운명을 영위할 인간들을 "스트랄드브라그"로 만들고 싶어 한다. 그것이 문명인에게 주어지는 최대의 은혜인 것이다. 그러나 사람들은 죽음에의 길까지도 차단해버린 이 문명 속에서 "죽고 싶어" 한다. 참혹한 상황이 바로 지금의 현실이다.

이형기는 문명비판의 자세를 통해 이 현실과 세계를 불합리하고 부조리한 공간으로 파악하였다. 도시는 죽고 싶지만 '죽지 않는 도시'이다. 이 도시는 문명사회가 이룩해낸 찬란한 결과물이다. 그러나 그 문명을 살아가는 인간의 내면은 허무의 세계를 인식하게 되었다. 이형기의 허무의식은 이렇게 문명비판을 통해 현실화되고 있다. 또한 이 문명비판은 어떠한 극복의지나 새로운 전망이나 낙관을 수반하지 않고 차가운 현실의 끔찍함만을 남겨 놓고 있다. 모든 것은 죽음으로 귀결되어야 하는 소멸인식이 문명비판의 표면 속에 함의하고 있다.

6. 변증법적 인식과 초극적 의지

이형기의 후기시에서는 갈등의 시기를 통합하여 자아와 세계의 관계가 다시 화해의 관계로 회귀하려는 모습을 보이고 있다. 앞 시기에서 보이는 허무의식을 바탕으로 하는 존재론적인 주제가 그대로 이어져 있다. 그러나 이러한 주제가 더욱 심화 확대되어 새로운 세계를 지향하려는 의지로 표출된다. 특히 이형기의 『절벽』에서 보이는 죽음에 대한 초극적 인식, 즉 죽음을 통해 새로운 세계를 지향하려는 의지를 통해 영원을 꿈꾸는 모습은 이러한 변증법적 지향의식을 드러내주는 실례라 하겠다.

아무도 가까이 오지 말라
높게
날카롭게
완강하게 버텨 서 있는 것

아스라한 그 정수리에선
몸을 던질밖에 다른 길이 없는
냉혹함으로

거기 그렇게 고립해 있고나

아아 절벽!

―「절벽」 전문

절벽은 이제는 아무런 희망도 새로운 길도 보이지 않는 마지막 여정의 끝이다. 이러한 길에서 할 수 있는 일은 "완강하게 버텨 서 있는 것"뿐이다. 그러나 시에서의 화자는 모든 것을 자포자기하는 자세의 버팀이 아니다. 그것은 "높게/ 날카롭게" 서 있는 형상이다. 목적의 끝과 길의 끝에서 "몸을 던질 밖에 다른 길이 없는" 마지막 선에서, 시의 화자는 절벽의 한계를 냉철하게 인식하고 있다. 다른 길이 없다는 고백은 냉혹한 현실에 대한 철저한 인식이다. 이러한 인식은 죽음으로 결말짓는 실존의 최후에서도 냉철한 의식을 잃지 말아야 함을 스스로에게 다짐하고 있다. 이는 어떤 한계에 대해 도전하려는 의식적 몸짓에 해당한다.

이형기는 생성과 소멸의 연속적 과정을 신생의 추구라는 인식으로 극복해내고 있다. 시집 『절벽』에는 95편의 「아포리즘」이 함께 수록되어 있다. 이 「아포리즘」은 이형기 후기시를 읽어내는 데 중요한 논증 자료가 된다. 「아포리즘」의 전체적 핵심은 죽음을 단절로 보지 않고 새로운 생명의 탄생으로 보는 불멸의 정신이다. 그는 시인이란 존재의 위상을 이러한 불멸의 정신을 획득하는 것에서 보고 있다. 죽음을 통해 새로운 생명의 역동성을 발견하고 거기에서 영원을 갈구하는 초월의식이 후기시에 주도적으로 드러나는 점이다.

나의 시계는 거꾸로 돌아간다

과거에서 미래로가 아니라

미래에서 과거로

그것은 탄생이 아니라

죽음에서 시작되는 내 인생

그것과 같다

그러므로 나는

미래의 미래 그 저쪽에 있는 추억

과거의 과거 그 저쪽에 있는 희망

그처럼 정상이다

이를테면 저 능금을 보아라

한때의 식욕이 따먹고 버린

아무도 거들떠보지 않는 씨 하나에서

새로이 움터오는 과거의 시작을

죽은 다음을 살고 있는 인생은

한시에서 열두시

열두시에서 한시로

보이지 않는 계단을 밟아가고

탐스러운 열매의 미래가

씨 속에 간직된 과거의 먹이로 돌아가는

나의 시계는

거꾸로 돌아가는 것이

바로 돌아가는 것이다

    소멸에서 새로운 생성의 세계로 가기 위해서 이형기는 시간을 되돌리는
방식을 취하기도 한다. 허무의식에서 시간은 중요한 구실을 한다. 새로운 삶
의 질서는 죽음 이후의 삶을 스스로 계획하는 인식의 힘으로 등장한다. 시의
화자는 "탄생이 아니라/ 죽음에서 시작되는 내 인생"이라고 말한다. 그것은
과거 이후에 미래가 있듯이 죽음 이후의 시간도 새로운 삶의 공간, 생성의 공
간이 있음을 암시하는 것이다. 그것을 "아무도 거들떠보지 않는 씨 하나에서/
새로이 움터오는 과거의 시작"이라고 생성의 자리에 죽음 이후의 시간을 대
치시킨다. 그렇기에 시에서 보이는 시적 화자의 시간은 일반적인 의미의 시
간이 아니다. 그 시간은 바로 "거꾸로 돌아가는 시간"이다. 하지만 화자는 이
시간 개념이 "바로 돌아가는 시간"이라고 말하고 있다. 그것은 영원성의 시간
을 자신의 시간으로 바라봄으로써 시간에 대한 기존의 인식과 다르다는 점을
더욱 강조하고 있다.

    눈을 감으면
    아득한 기억의 저쪽에서
    하얗게 떠오르는 것이 있다
    보니 그것은
    여태까지 내가 수없이 입 밖에 내었던
    그리고 또
    입 안에서 이리저리 굴리다가
    꿀꺽 삼켜버린 말들이다

원래는 색깔과 모양과 의미가 있었던

그것들이 이제는 그저 하얗다

만들어진 모든 것은

필경 사그러져버린다는 뜻인가

그러나 다시 보면

그것은 싸락눈이 깔린 언덕이다

봄이 되어 그 눈이 녹으면

파릇파릇 새싹이 돋아날

그리하여 새로 시작할 그 자리

소멸과 생성이

둘이면서 하나인 모순의 자리가

바로 거기 있구나

— 「모순의 자리」 전문

『절벽』 이후 이형기의 시는 더욱 선명하게 초극적 의지를 실천하고 있다. 「모순의 자리」는 2001년 발표된 시다. 시인이 말하는 "아득한 기억의 저쪽에서/ 하얗게 떠오르는 것"은 무엇일까. 그것은 본질의 자리다. "소멸과 생성이/ 둘이면서 하나인 모순의 자리"이다. 그 자리는 원래 여러 모양과 색깔이 있었던 자리였다. 하지만 이제는 하얗게만 보이는 형체와 색깔이 사라진 모습으로, 곧 사그러질 모습으로 시인에게 남아 있다. 실상 모순의 세계는 무엇인가를 깨닫는 순간 알 수 있는 본질의 세계이다. 모순을 통해 소멸과 생성을 함께 인식될 수 있는 힘은 허무를 초극하는 의지와도 맥이 닿아 있다.

허무의식은 이형기에게 세계를 바라보는 새로운 인식의 차원에서 진행되었다. 그리고 이 허무의식은 끊임없이 생장, 발전하면서 변화를 보였다. 결국 이형기의 허무의식은 허무를 통해 소멸로 치닫는 세계가 아니라 새로운 세계를 생성하려는 지향점으로 삼았다.

> 여기서 나는 일체를 무(無)로 돌리는 커다란 시연을 만나게 된다. 그러나 그것은 세계의 무덤이 아니라 세계가 새로 태어나는 자궁이다. 무의 심연을 거쳐야만 비로소 세계는 자신을 얽어매고 있는 유용성의 틀에서 해방될 수 있기 때문이다. 시라는 이름의 무용성의 추구는 이러한 세계의 해방을 노리는 의식적인 작업이다.
>
> — 이형기, 「무용성(無用性)의 의미」
>
> (『시와 언어』, 문학과지성사, 1987, 273쪽) 부분

이형기가 만난 허무는 무덤이 아니라 새로운 창조를 가능하게 하는 힘이었으며, 그것은 또 하나의 숨을 만든 자궁이다. 이형기는 '허무의 시인'이다. 이형기가 도달한 '허무'는 생성과 소멸의 끊임없는 과정의 변증법적인 인식이 새로운 지평을 열고 있는 시의식이다. 이형기는 허무를 통해 새로운 창조적 세계를 꿈꾸는 시인이다. 그 초극적 의지를 우리는 잊지 않아야 한다. 끊임없이 자신과 대결하며 문학청년으로서 결기를 잃지 않으려는 시인의 태도 속에서 우리는 진정 시가 무엇인지 다시 한 번 궁구할 수 있을 것이다. 덧붙여 이형기 시의 주제의식뿐 아니라 방법론의 변이 과정, 이형기 시론의 특성, 이형기 시의 현대성 등 다양한 방면으로의 연구가 앞으로 더 진행되어야 할 것이다. 이번 전집을 통해 이러한 연구가 더욱 활발해지길 누구보다 간절히 바라본다.

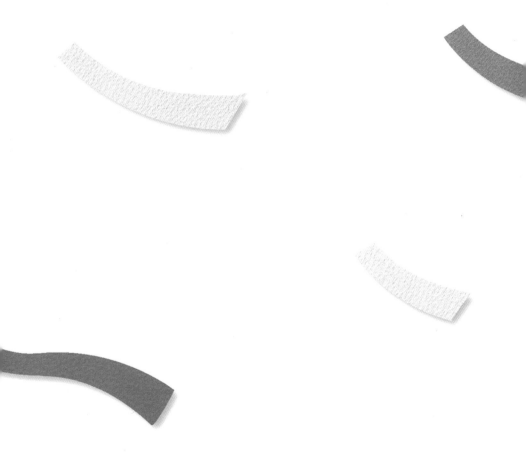

연보

| 연보 |

1933년 경남 사천군 곤양면 서정리, 속칭 솔골에서 출생. 양력으로 1월 6일, 음력으로는 1932년 11월 22일, 호적에는 1933년 6월 6일로 등재. 합천 이씨. 아버지 이경성(李京性), 어머니 김순금(金順今)의 2남 2녀 중 장남.

1936년 3세 가족이 진주로 이주. 본적도 옮겨옴.(진주시 강남동 50번지)

1939년 6세 요시노(吉野)소학교 입학.

1941년 8세 아버지가 교과서 이외의 책을 사주지 않은 관계로 친구들과 서로 빌려가며 책을 읽다. '소설 미치광이 3총사'의 별명을 얻게 됨. 이때부터 문학의 싹을 키우고 문호가 되리라 결심. 동화, 소년소설, 잡지 등을 탐독하기 시작.

1945년 12세 진주농업학교 농업 토목과 입학.

1946년 13세 부친 폐결핵으로 별세. 국립대학안 반대운동에 참여.

1948년 15세 학교 신문에 김구 선생을 위한 조시(弔詩)와 20매 가량의 평론 발표. 당시 연극반 교사이던 소설가 이병주를 만나 영향을 받음.

1949년 16세 제1회 개천예술제에서 시부문 장원으로 당선.『문예』지 12월호에 「비 오는 날」이 초회 추천.

1950년 17세 2회(4월), 3회(6월) 추천 완료. 한국전쟁 발발 이후 서울로 상경하여 문학평론가 조연현을 만나 일주일간 머무르다 돌아옴.

1951년 18세 진주에서 최계락과 함께 동인지『이인(二人)』발간. 진주농림학교 졸업. 동국대학교 불교학과 입학. 거처를 부산으로 옮겨 오

상원, 정창범, 홍사중, 이일, 김구용 등과 교유. 셰스토프, 오스카 와일드, 릴라당, 포우, 레르몬토프, 다자이 오사무 등을 탐독. 특히 셰스토프로부터 천재의식과 허무주의 철학에 영향 받음.

1953년 20세 연합신문 입사. 서울로 이주. 국회출입기자.

1955년 22세 김관식과 그의 상업학교 동료교사인 이중노(李衆魯)와 3인 합동시집 『해 넘어 가기 전의 祈禱』를 현대문학사에서 간행.

1956년 23세 동국대학교 불교학과 졸업.

1957년 24세 제2회 한국문협상 수상. 고바야시 히데오(小林秀雄) 탐독. 그를 통하여 랭보, 모차르트, 고흐, 보들레르, 도스토예프스키 등을 탐독.

1959년 26세 연합신문에서 서울신문으로 직장을 옮김. 청록파류의 서정시에 회의를 느끼기 시작하고 고바야시의 영향으로 평론 분야에 관심을 갖게 됨.

1961년 28세 염상섭의 아들 염재용의 주선으로 대한일보로 직장을 옮김. 1965년까지 근무하면서 정치부장을 역임. 5·16 이후 내근기자 생활을 하면서 본격적인 문학 독서 시작.

1962년 29세 조연현의 5촌 고모인 조은숙(趙銀淑)과 결혼.

1963년 30세 첫 시집 『적막강산』(모음사) 상재.

1965년 32세 국제신문 논설위원. 『20세기의 내막』(현대문학사, 공저) 간행.

1966년 33세 문교부 문예상 수상.

1971년 38세 제2시집 『돌베개의 시』(문원사) 상재. 결혼 9년 만에 무남독녀 외동딸 여경(汝卿) 출생.

1974년 41세 국제신문 편집국장. 거처를 부산으로 옮김.

1975년 42세 제3시집 『꿈꾸는 한발(旱魃)』(창원사) 상재.

1976년 43세 평론집『감성의 논리』(문학과지성사) 간행.

1977년 44세 한국시인협회상 수상.

1979년 46세 수상집『서서 흐르는 강물』(휘경출판사) 간행. 어머니(金順洙) 별세.

1980년 47세 평론집『한국문학의 반성』(백미사) 간행. 국제신문사 이사로 승진.

1981년 48세 부산산업대학(현 경성대학교) 교수로 부임. 제4시집『풍선심장』(문학예술사) 상재.

1982년 49세 한국문학작가상 수상.

1983년 50세 부산시문화상 수상.

1985년 52세 제5시집『보물섬의 지도』(서문당) 상재. 시선집『그해 겨울의 눈』(고려원) 간행. 윤동주문학상 수상.

1986년 53세 동국대학교 국어국문학과 교수로 부임. 서울로 이주. 시선집『오늘의 내 몫은 우수 한 짐』(문학사상사), 박목월 평전『자하산 청노루』(문학세계사), 수필집『바람으로 만든 조약돌』(어문각) 간행.

1987년 54세 평론집『시와 언어』(문학과지성사),『한국문학개관』(어문각, 공저) 간행.

1990년 57세 제6시집『심야의 일기예보』(문학아카데미) 상재.『북한의 문학』(고려원, 공저) 간행. 대한민국문학상 수상.

1991년 58세 『현대시 창작교실』(문학사상사), 시선집『별이 물 되어 흐르고』(미래사), 수필집『부처님의 아흔 아홉 가지 말씀』(시공사),『현대인이 읽는 史記』(서당) 간행.

1993년 60세 부처님의 일생을 다룬 장편소설『소설 석가모니』(한국문연), 시 이론서『시란 무엇인가』(한국문연) 간행. 제1회 공초문학상 수상.

1994년　61세　제7시집『죽지 않는 도시』(고려원) 상재. 뇌졸중으로 투병
　　　　　　　　생활 시작. 제2회 대산문학상 수상.

1998년　65세　제8시집『절벽』(문학세계사) 상재.

1999년　66세　대한민국예술원상 수상.

2005년　72세　2월 2일 숙환으로 별세. 투병 중에도 아내 조은숙 여사의 대
　　　　　　　　필로 창작활동을 계속하였다.

2006년　이형기 선생의 이름을 기리는 문학상과 그 외 모든 권한을『현대
　　　　　　시』에 위임하겠다는 선생의 유지(遺志)에 따라 〈이형기문학상〉이
　　　　　　제정되어 2013년까지 시행되었다.

작품 찾아보기

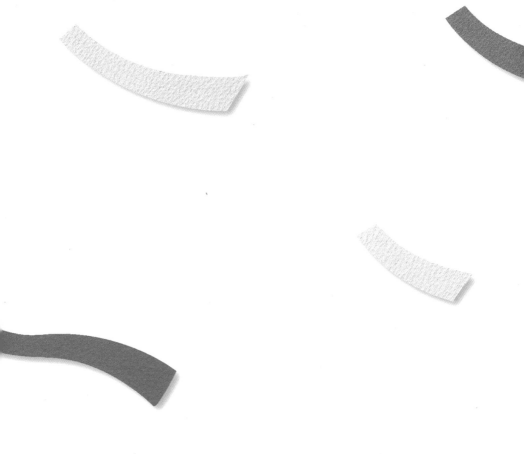

| 작품 찾아보기 |

※ 같은 제목의 시는 괄호 안에 첫 구절 병기.

지은이 이형기(李炯基, 1933~2005)

1933년 경남 진주 출생. 진주농림학교와 동국대 불교학과 졸업. 1950년『문예』로 등단. 시집으로『적막강산』,『돌베개의 시』,『꿈꾸는 한발(旱魃)』,『풍선심장』,『보물섬의 지도』,『심야의 일기예보』,『죽지 않는 도시』,『절벽』등이 있으며, 비평집으로『감성의 논리』,『한국문학의 반성』,『시와 언어』등이 있다. 그밖에 시론서『시란 무엇인가』,『현대시 창작 교실』이 있으며, 장편소설『석가모니』외 다수의 수필집이 있다. 연합신문, 서울신문 기자, 국제신문 편집국장을 거쳐 부산산업대와 동국대학교 국문과 교수를 역임했다. 대한민국 예술원 회원에 피임되었으며, 문교부 문예상, 한국시인협회상, 한국문학작가상, 대한민국문학상, 공초문학상, 대산문학상, 대한민국예술원상을 수상했다.

엮은이 이재훈

1972년 강원 영월 출생. 1998년『현대시』로 등단. 시집으로『내 최초의 말이 사는 부족에 관한 보고서』,『명왕성 되다』,『벌레 신화』. 저서로『현대시와 허무의식』,『딜레마의 시학』,『부재의 수사학』, 대담집『나는 시인이다』가 있다. 현대시작품상, 한국시인협회 젊은시인상, 한국서정시문학상을 수상했다.

초판 인쇄 · 2018년 5월 25일
초판 발행 · 2018년 6월 06일

엮은이 · 이재훈
펴낸이 · 이선희
펴낸곳 · 한국문연

책임 편집 · 김안 김호성
교정 입력 · 김종연 서연우 이령 이현호 허은희 허혜정 황주은

서울 서대문구 증가로 31길 39, 202호
출판등록 1988년 3월 3일 제3-188호
대표전화 302-2717 | 팩스 · 6442-6053
디지털 현대시 www.koreapoem.co.kr
이메일 koreapoem@hanmail.net

ISBN 978-89-6104-205-5 03810

값 45,000원

ⓒ 이여경

✳ 잘못된 책은 바꾸어 드립니다.

이 도서의 국립중앙도서관 출판시도서목록(CIP)은 서지정보유통지원시스템 홈페이지(http://seoji.nl.go.kr)와 국가자료공동목록시스템(http://www.nl.go.kr/kolisnet)에서 이용하실 수 있습니다.(CIP제어번호 : CIP2018005008)